照皇大

嵐 鯉治郎

蛇女 紅悅

赤 座

芳 一

小 綠

奇蹟正光

爸爸 媽媽

海 鼠

鞭 棄

北 一輝

美空雲雀

斑少女

陰陽人金蚊

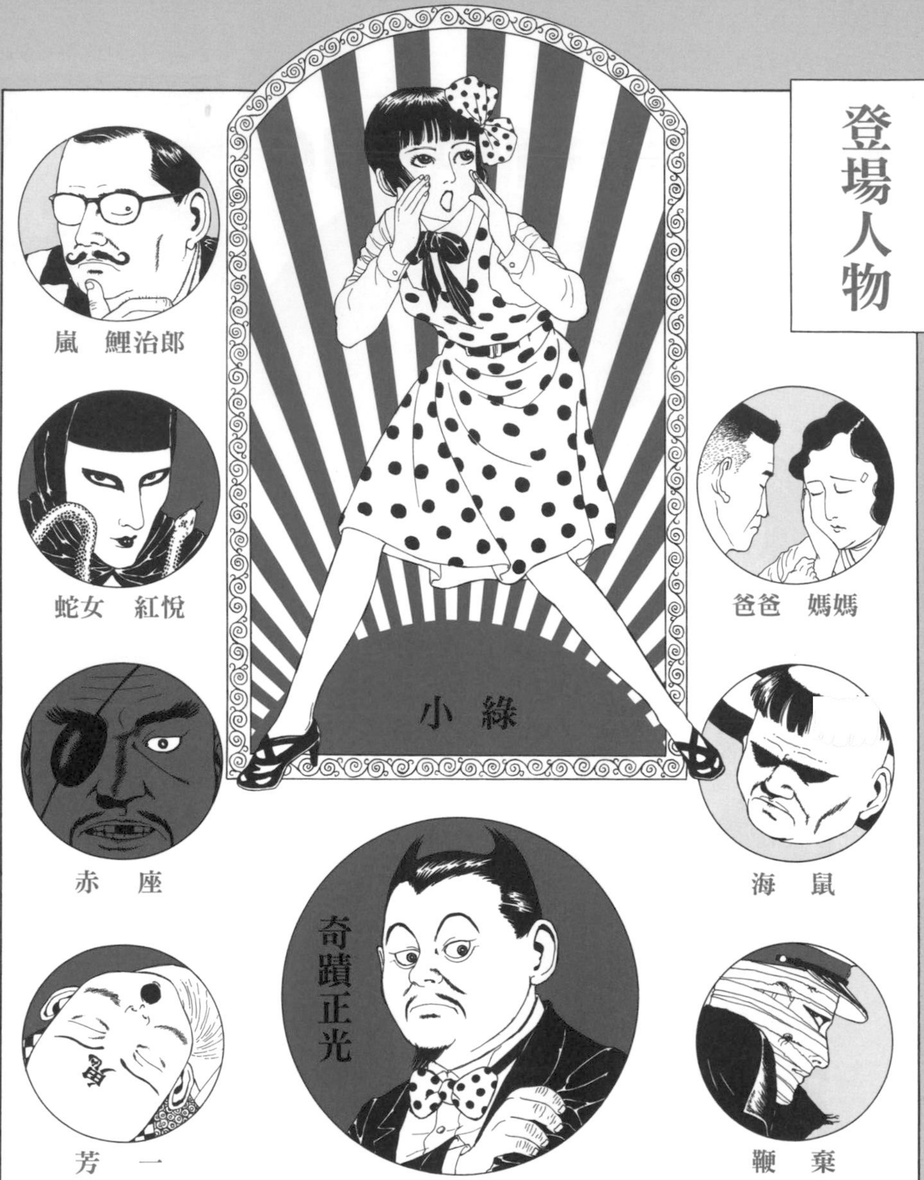

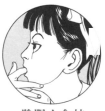

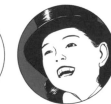

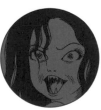

第一話
忍耐與服從

咿唷！

呀、呀、呀、呀、呀、呀
火の用心
眼屎 耳屎
鼻屎 牙垢
假花垂掛

電火球鼓脹
頭殼蓄滿膿
藉金襴緞子揚名立業
緊握翹起的陽具
在休息室搞人妖
多麼毛髮濃密的夜晚啊

翹屁股成蛇
擺動腰成猴
我們如此不堪入目，請見諒
我們如此丟人現眼，請見諒

*註：日文的鼬發音為 Itachi，板子為 Ita，血為 chi。

滾出去
該死，鄉下人不懂同音哏。
我不幹了，不幹了!!
唔!!
什麼嘛，又來了啊。真拿妳沒辦法。
雞血就嚇成這樣，妳幹不了這行喔。
嘔
嘔
嘔
嘔

勢判断
人生疑難求解
我是十二歲的女孩子。
三年前父親離家出走，
我和母親一起過活，
但母親後來死了。
遺留在世上的我走投無路，
被見世物小屋的大叔
以甜言蜜語哄騙，
成了小屋的表演者。
每天都非常痛苦，
也想過要去死。
因為那些緣故，
我現在並沒有去上學。
我非常擔心自己的未來，
晚上都睡不著覺。
我到底該如何活下去呢？

嗚……呵
嘎吱
嘎吱
嘰
啊
呼
呼
呼
呼
扭……

扭扭，扭扭扭……
噓，噓，滾一邊去！

嘿嘿嘿，小綠在看，似乎覺得很稀奇咧。
小綠，妳也來吧。
不用了，那種臭小鬼。
我一個人可以帶給妳兩人份的樂趣喔。
你喔……身體這麼大，那話兒倒是不怎麼樣耶。
啊啊啊
咿啊

嗷
嗷
來，吃飯囉。
沒事了，我來當你們的媽媽。
不過不要讓其他人知道喔，會被吃掉的。

再見囉，要乖喔。
嗷
嗷
嗷
臭小綠，玩這麼可愛的花招。
嗷嗚

穿紅色木屐的女孩子被畸人帶著走
小綠！
小綠！
有好東西喔，快來。

啊——好吃好吃。
幾個月沒吃到肉啦？
虧你有錢買肉耶。
我沒買啊。
沒人在賣狗肉吧。
狗!!
喔，小綠怎麼了？
啪唰
好吃到哭出來了耶。
這陣子苦到妳了是吧。

小狗!!
是小狗!!

第二話 漂泊的日本人

號
咕咻！
咕咻！
咕咻！
咕咻！

嘟——嘟——
嘟什麼啊。
妳才肥嘟嘟吧。
一天到晚盯著火車。
那麼想回東京嗎？
妳已經沒地方可以回去了啦。

多少幫大家一點忙吧。
好痛!!
蛇女紅悦さんへ
陽銀杏さんへ
文明奇観
呼——
呼——
那件也洗一洗喔。
布幕也破了，要記得縫。知道了吧？

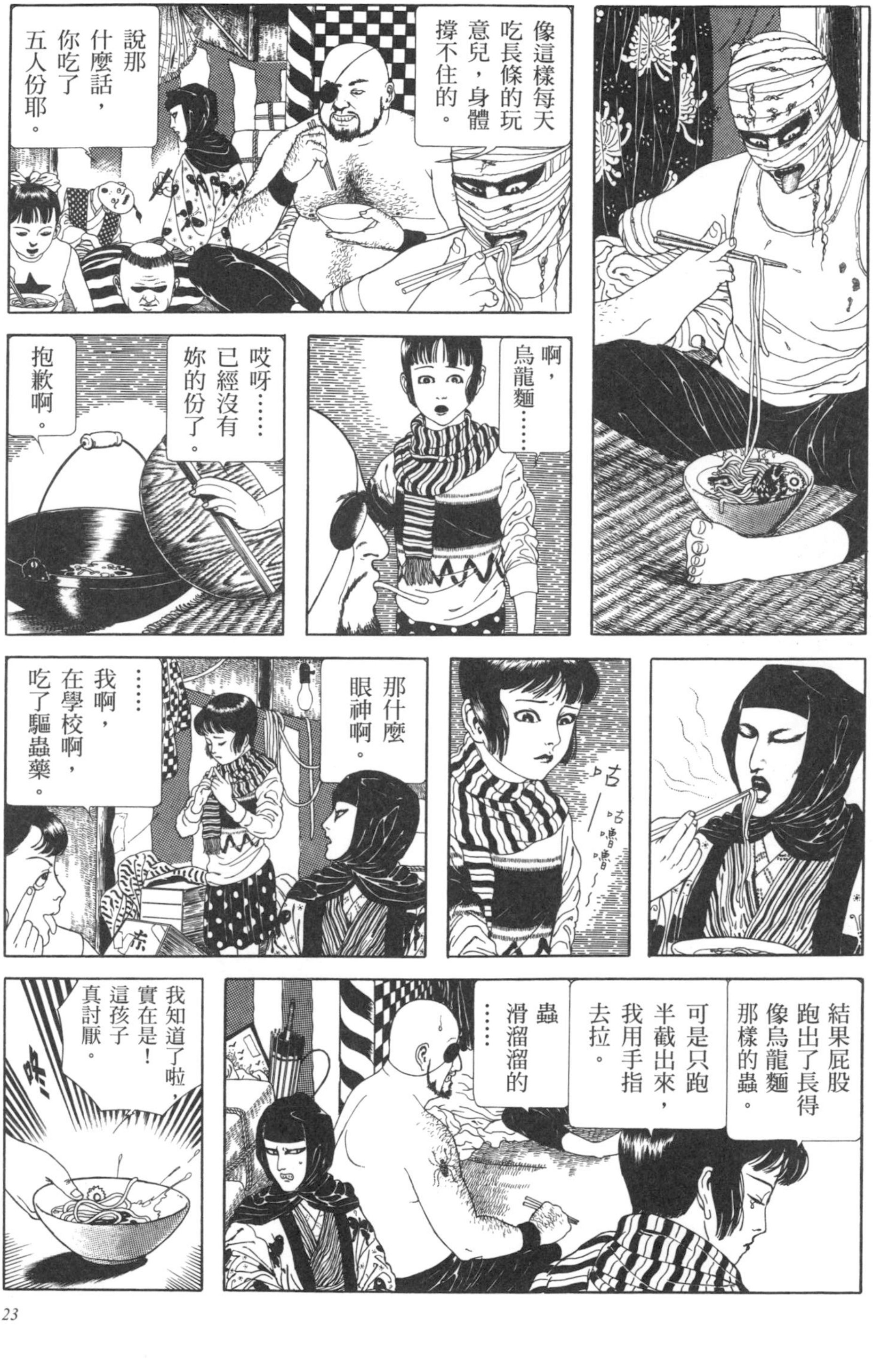
像這樣每天吃長條的玩意兒，身體撐不住的。
說那什麼話，你吃了五人份耶。
啊，烏龍麵……
哎呀……已經沒有妳的份了。
抱歉啊。
咕
咕嚕嚕~
那什麼眼神啊。
……我啊，在學校啊，吃了驅蟲藥。
結果屁股跑出了長得像烏龍麵那樣的蟲。
可是只跑半截出來，我用手指去拉。
蟲滑溜溜的……
我知道了啦，實在是！這孩子真討厭。

怪猫呪ひの穴
怪貓詛咒之穴
怪奇凄
版！
二十五日より
鈴木澄子
歌川絹枝
森光子
原聖四郎
咦？
那傢伙是見世物小屋的……
嘻嘻！
啊！

屁股上長著手！
哈哈哈哈
哈哈
好可怕～～～
哈哈哈哈
好痛！
咚
這傢伙～～
她吃了狗肉，所以逃得很快喔。

等一下！

不要～
我不要～～～
不要～
給我把豬內臟放進嘴裡！
這是為了習慣血液。
如果連這種程度都辦不到……
咻咻咻咻
嗚嗚
我會死。
會死？
訓練她裸體跳舞還比較好吧？

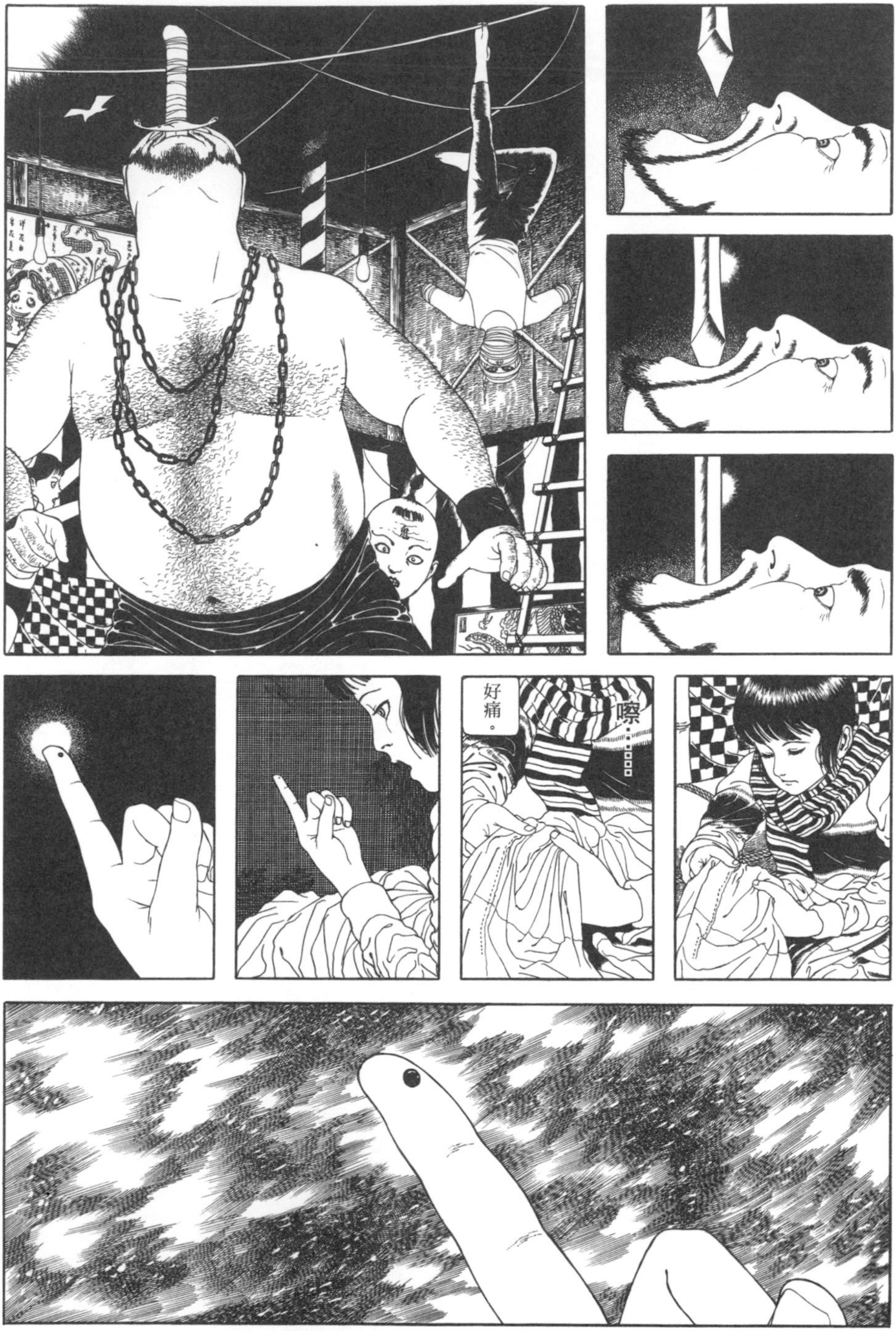
嚓……
好痛。

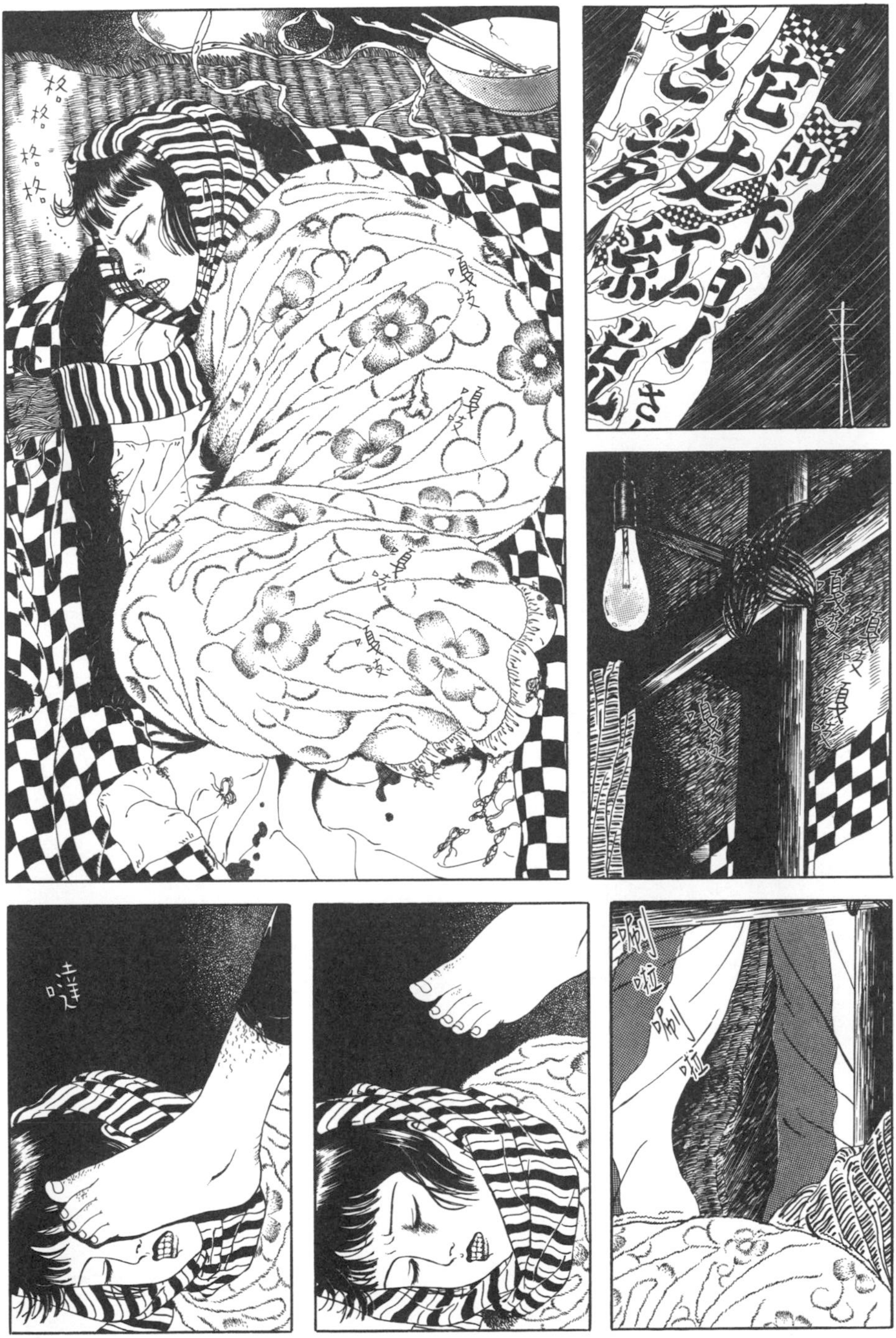
嘎吱嘎吱嘎吱
嘎吱
格格格格
嘎吱
嘎吱
嘎吱
嘎吱
唰啦唰啦
噠

小綠，怎麼不跟大家睡呢？
一個人很冷吧？
不要，走開!!
呀啊!!
我也冷到睡不著。
兩個人一起取暖吧。
不要！
都這時候了，還說這什麼話？明明被侵犯過一次了。
我討厭你!!你的味道好怪!!

毛線內褲。毛線內褲。
毛線內褲好溫暖，讓我想起母親的那裡。
毛線內褲，比絹布還棒啊。
毛線內褲破掉囉。
已經不能再穿了!!

好，這次還不錯。
!!
喔，好冷，好冷。
淅

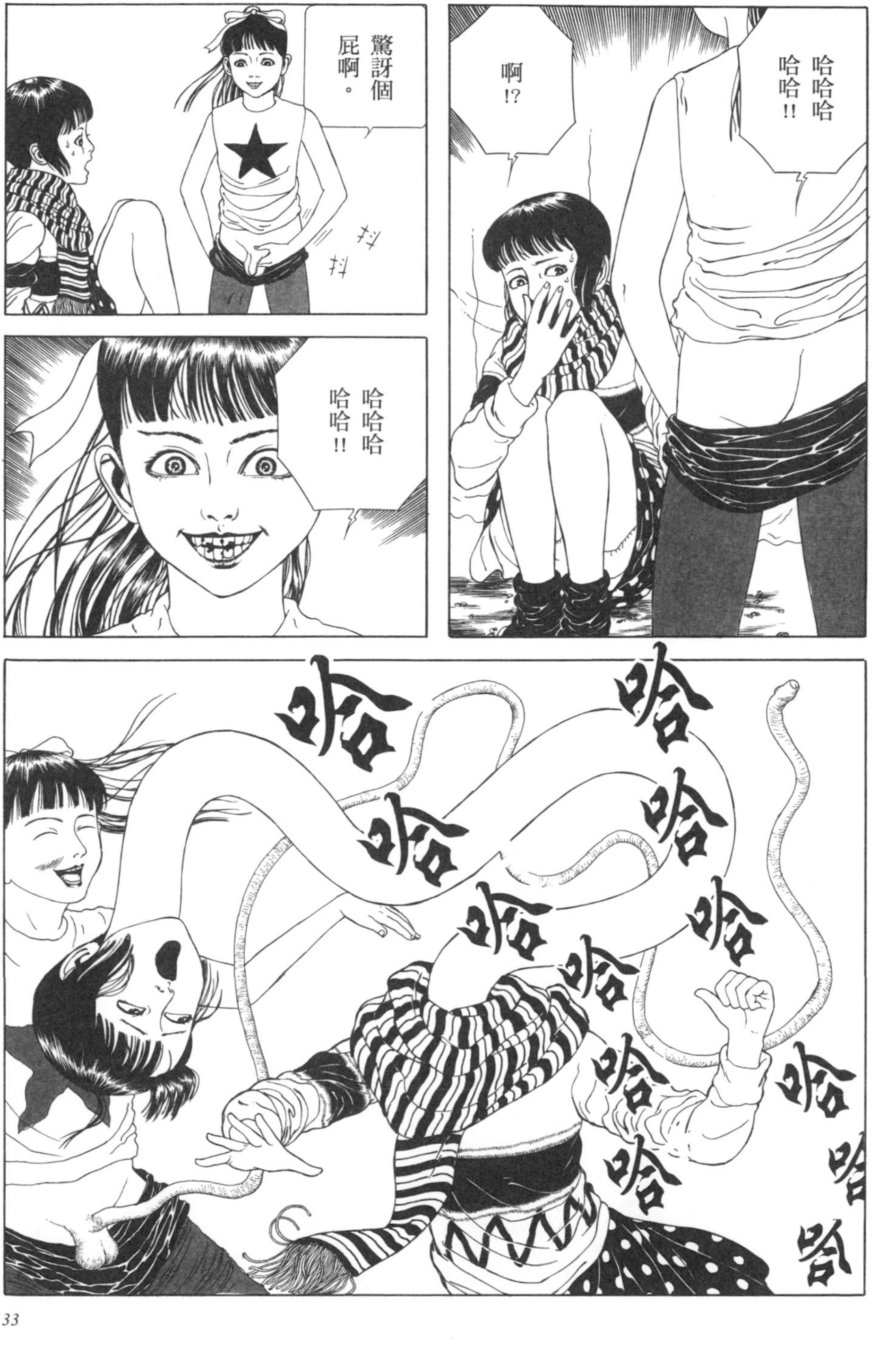
哈哈哈哈哈!!
啊!?
驚訝個屁啊。
抖抖
哈哈哈哈哈!!
哈哈哈哈哈哈哈哈哈哈哈哈

起碼讓我的頭
前往此世之外的某處吧。

妳要去哪裡？去工作啊，工作。
好痛!!
喂，小綠，去幫芳一洗澡。

小綠，洗完銀吉之後也幫我洗吧。
我冷到受不了了，動作快一點。
妖怪!!
妖怪!!妖怪!!
妖怪!!妖怪!!妖怪!!

妖怪!!

好想去遠足……

第三話 侏儒夜來

喀哩
喀哩
喀哩
喀哩
喀哩
喀哩
喀哩
爸爸……
喀哩
喀哩
喀哩
爸爸……
喀哩
喀哩
喀哩
喀哩
喀哩
喀哩

喀哩
喀哩
喀哩
喀哩
喀哩
爸爸……
呀啊！
扭
啊……!!

啊啊!!
啊啊!!
啊啊!!
啊啊!!
啊啊!!
爸、爸爸，救我!!
救我!!
救我!!
喀哩
爸爸!!
喀哩
喀哩
啊啊啊!!
喀哩
喀哩
救我。
喀哩
喀哩
救我。
喀哩
喀哩
喀哩

呵呵呵呵呵呵
啊啊!!
受苦吧，受苦吧！
救命！
不會有人來救妳的。
變成蛇吧!!
不要!!

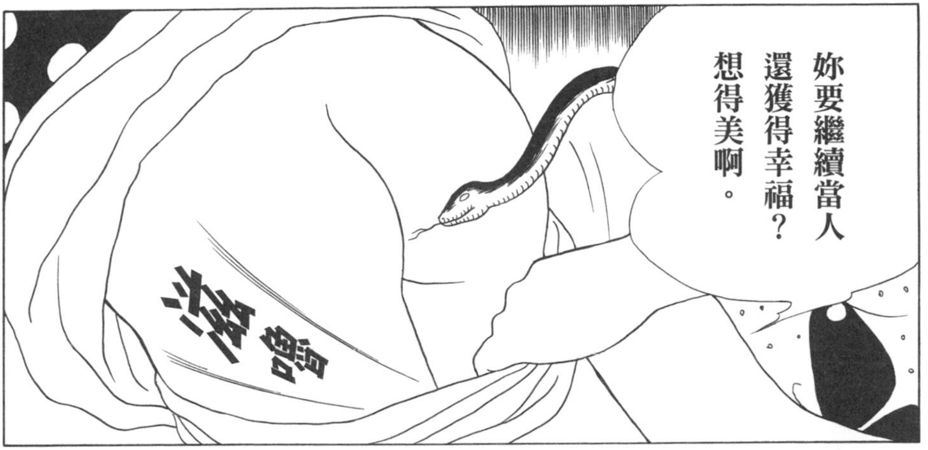
妳要繼續當人
還獲得幸福？
想得美啊。
滋嚕

呀啊！
滋嚕

哇！
燒得挺嚴重的呢。
妳今天什麼也不必做，好好睡覺。
喔？
喀哩
喀哩
喀哩
喀哩
喀哩
喀哩

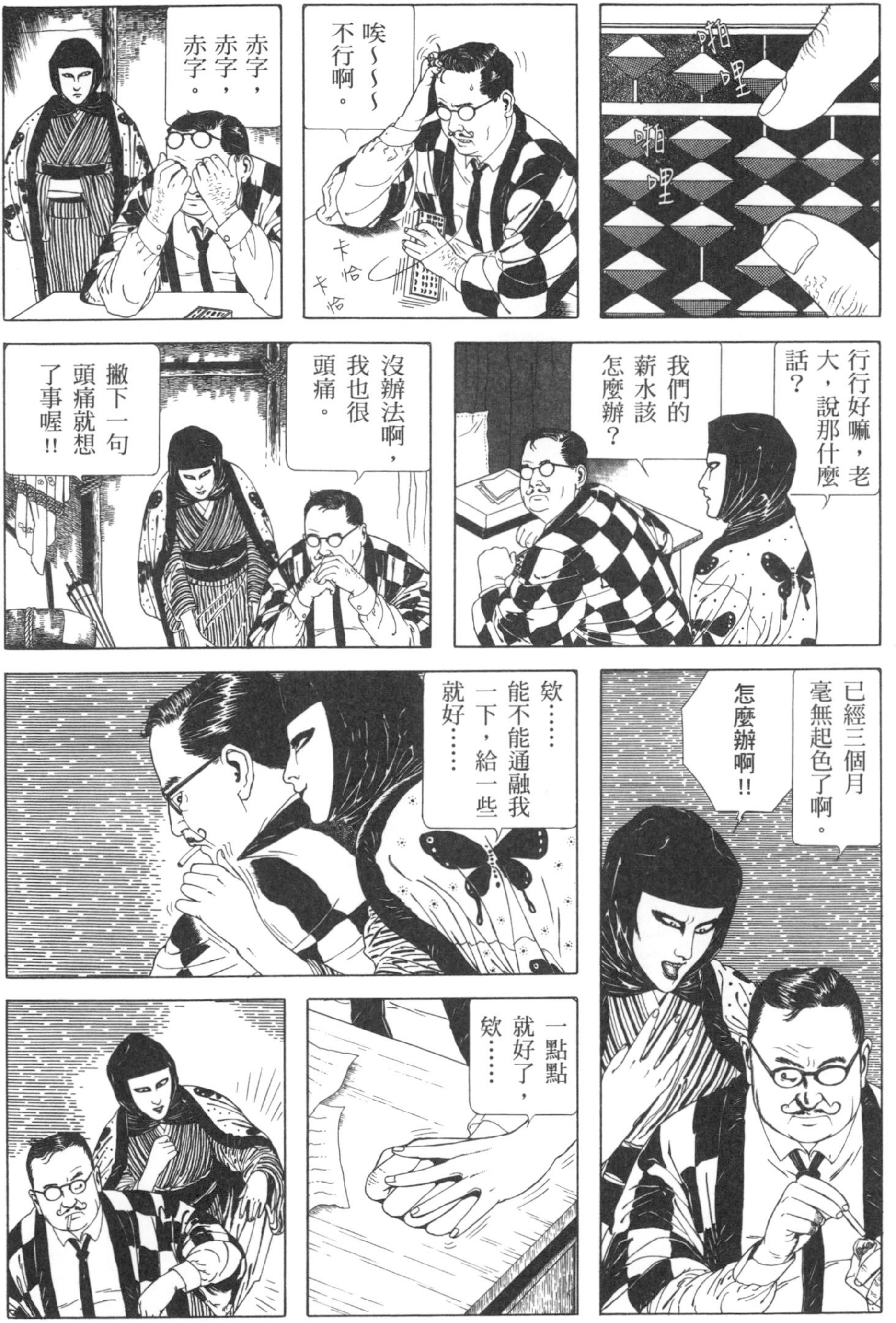
啪哩
啪哩
唉~~~不行啊。
卡恰
卡恰
赤字，赤字，赤字。
行行好嘛，老大，說那什麼話？
我們的薪水該怎麼辦？
沒辦法啊，我也很頭痛。
撇下一句頭痛就想了事喔!!
已經三個月毫無起色了啊。
怎麼辦啊!!
欸……能不能通融我一下，給一些就好……
一點點就好了，欸……

哼，什麼嘛，只會追著男人的屁股跑。
噗嘶
喂～～～怎麼辦啊。
這樣下去會餓死的。
客人沒那麼容易上門，要做點什麼又沒錢。
只能去當工人填飽肚子了。
真倒楣耶。
接下來啊，好像有個新人要來耶。
而且是變西洋魔術的傢伙。
竟然加入這快垮掉的小屋，還真是蠢啊。

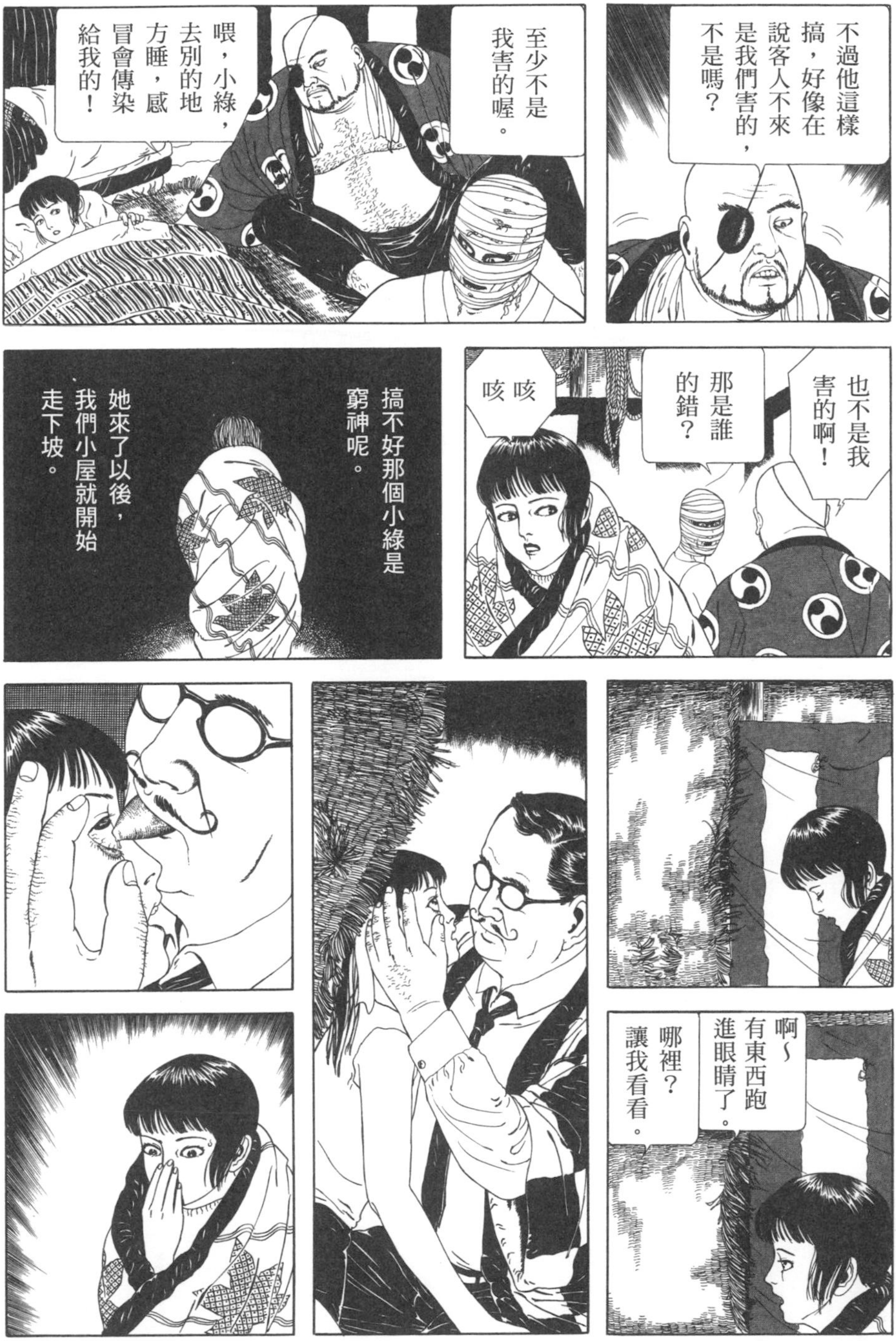
不過他這樣搞，好像在說客人不來是我們害的，不是嗎？
至少不是我害的喔。
喂，小綠，去別的地方睡，感冒會傳染給我的！
也不是我害的啊！
那是誰的錯？
咳咳
搞不好那個小綠是窮神呢。
她來了以後，我們小屋就開始走下坡。
啊～有東西跑進眼睛了。
哪裡？讓我看看。

轟
轟
轟

前行否
歸去否
極光之下
北國露西亞
遼闊無盡頭
〈漂浪之歌〉
北原白秋

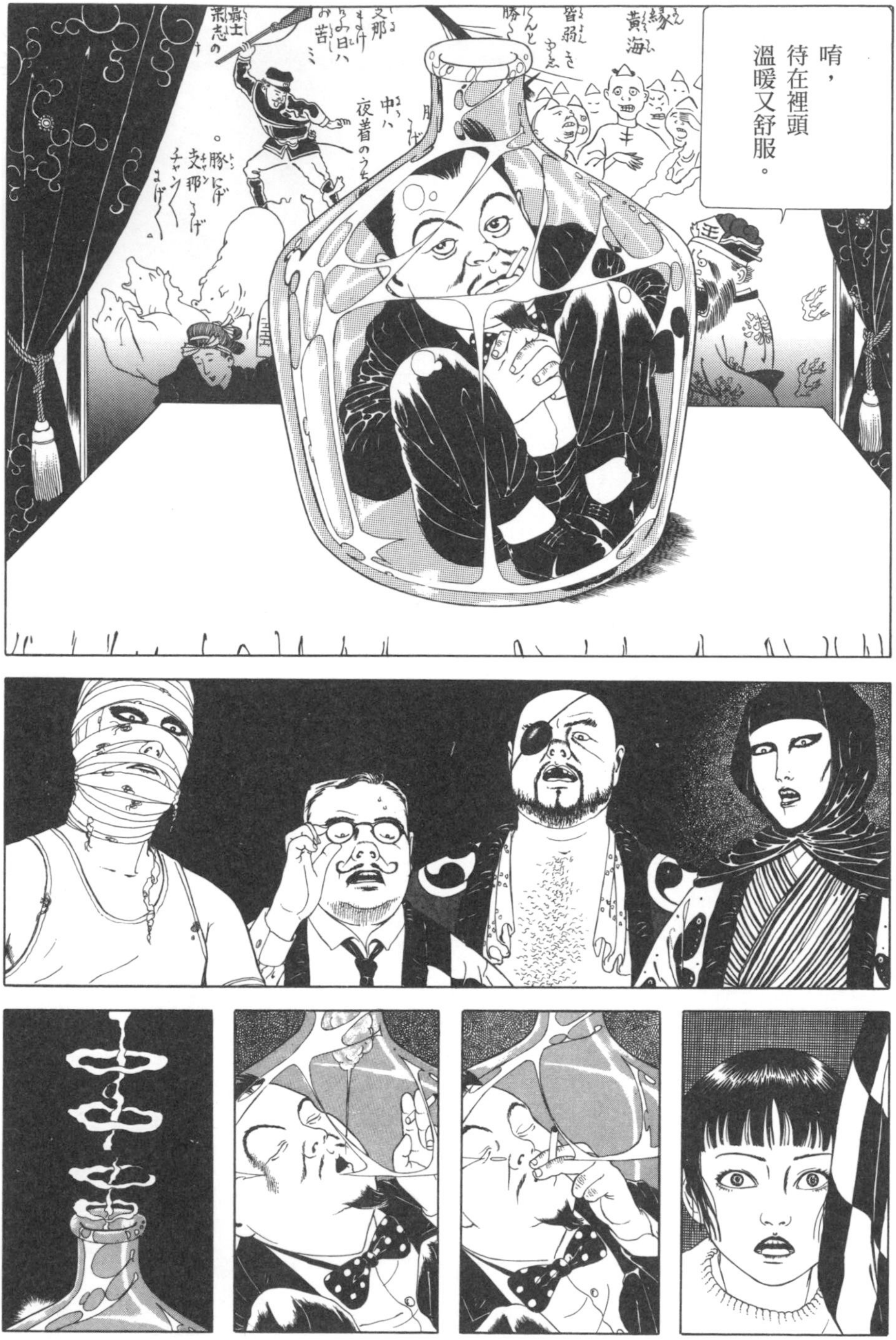
唷，待在裡頭溫暖又舒服。

啵
窣窣窣窣
喔喔喔喔~!?

我叫奇蹟正光，請多指教。
啪啪啪啪
啪啪啪啪

來，伸手。
看!!
哇。
啪
看!!
啾……
妳不回我一個嗎？

小綠，妳真可愛呢。
我喜歡妳喔。

第四話
平凡與明星

哇啊，好漂亮!!
咦!?
叔叔……
叔叔你在哪裡!?
在哪裡!?
在這裡啊!!
過來吧。

等一下!!
呼，呼……

我可以和你
結婚呀。
……但是，
我已經不是
處女了。

幻戲
瓶の中の一寸法師
幻戲 瓶中的一寸法師
世界一!!
ワンダー正光氏
世界第一!!
奇蹟正光氏
瓶の中の
世界一!!
ワンダー正光氏
來來來來，觀賞後付費!!
大入
喂，別推啦。
我看不到啊!!
來，繼續前進別停，觀賞後付費，觀賞後付費。
再往前擠一點啦!!
笨蛋，就叫你別推嘛!!

來來來，現在蟹男要瞄準遠處標靶……
滾回去啦，蠢貨！
咻——叩
快讓奇蹟正光出場!!
老師~!!
麻煩您提早出場了。
老師~
緩緩，緩緩。
小綠準備好了嗎？
是~

哇～～!!
各位久等了。
咿唷～～
嗶
啪啪啪
謝謝，謝謝。
嗶
等好久了!!
啪啪
我的助手小綠。
驚!
啪啪啪啪
嗒!

滋嚕
喔——!
呿，就那小矮子一個人受歡迎。
一點都不好玩!!
……搞不懂——
我不管看幾次都搞不懂。
到底是怎麼一回事?
根本沒有……機關。

「幕起，場中央安放瓶一只。瓶高三尺餘，
口徑一尺五、六寸。一德上場，向觀眾明示
瓶內外，而後置瓶於一大桌上。桌下為透室，
無一器物，無以施機關。瓶後之人自捧不絕。
而後點六方蠟燭，光燦焉。一德，著洋服，
持紅悅，入瓶直立。瓶不深，僅沒至其膝。
徐徐喚聲亦難入。場丁在旁曰，大
夫常好入瓶，何以難入此瓶？一德
乃以右手提悅，縮身入瓶。肩漸沒，
悅懸瓶端亦漸沒。場丁鼓掌，喚大
夫。瓶中有聲，如應答。其聲未落，
瓶上天井突開一孔，一德持其悅徐
降，復直立瓶中，曰，吾已脫身至
上方。

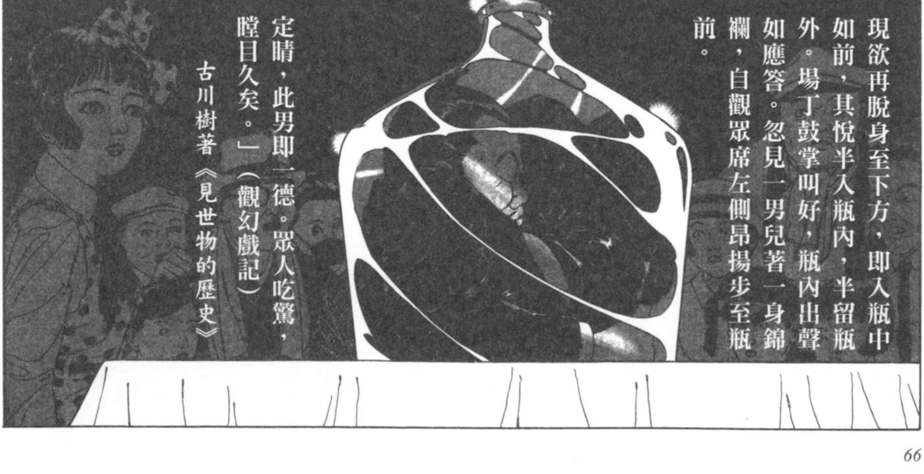
現欲再脫身至下方，即入瓶中
如前，其悅半入瓶內，半留瓶
外。場丁鼓掌叫好，瓶內出聲
如應答。忽見一男兒著一身錦
襴，自觀眾席左側昂揚步至瓶
前。
定睛，此男即一德。眾人吃驚，
瞠目久矣。」（觀幻戲記）
古川樹著《見世物的歷史》

老師～～
老師辛苦您了。
嗯，嗯。
喂，你們不要杵在那邊，去幫老師端茶來。
我不用了，給小綠熱牛奶。
多虧小綠幫忙，我今天的表演才會這麼好，謝謝妳。
點
什麼助手，只不過是站在那裡而已嘛。

泉寫眞
好了嗎!?
來，笑一個!!
啪嚓！

希望拍得好看。
是啊。

要是雪也停了該有多好。
是啊。

好吃嗎？
嗯。
嘟
欸，你為什麼能進出那個瓶子呢？
……

「那是因為……
『你必不怕黑夜的驚駭，
或是白日飛的箭，
也不怕黑夜行的瘟疫，
或是午間滅人的毒病。』
……就是這樣。
懂了嗎？」
「懂了。」

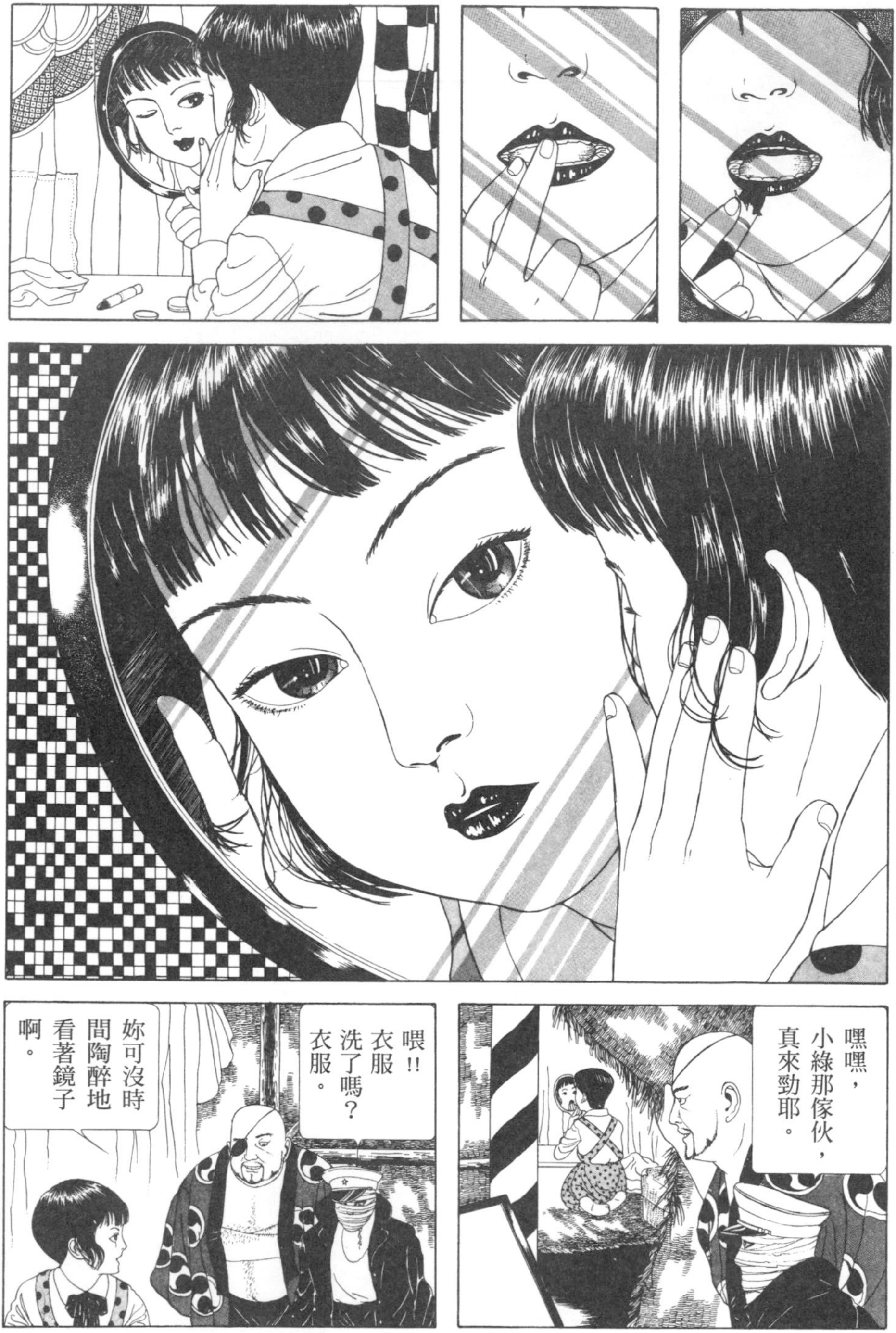
嘿嘿，小綠那傢伙，真來勁耶。
喂!!衣服洗了嗎？衣服。
妳可沒時間陶醉地看著鏡子啊。

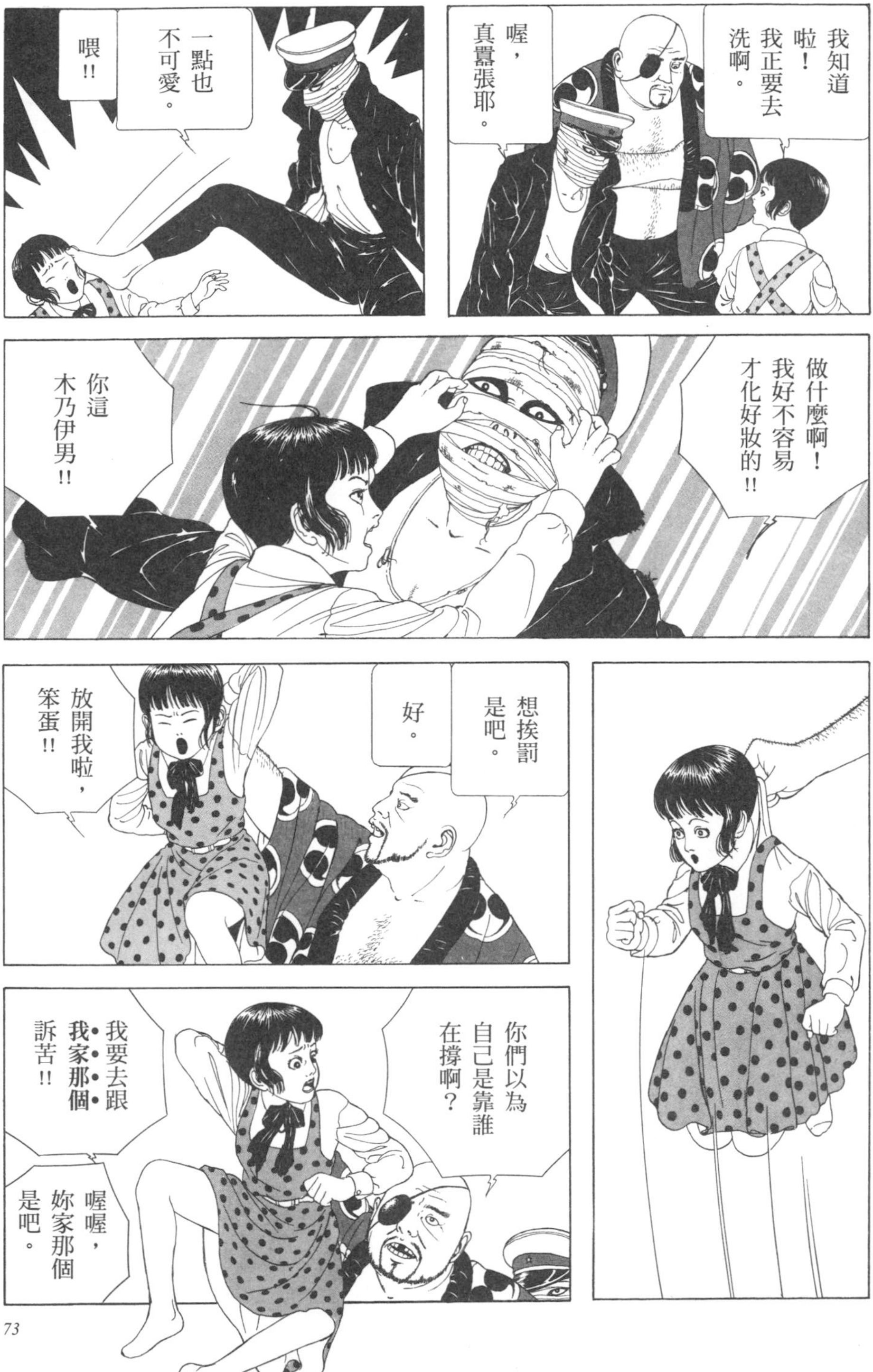
我知道啦！我正要去洗啊。
喔，真囂張耶。
一點也不可愛。
喂!!
做什麼啊！我好不容易才化好妝的!!
你這木乃伊男!!
想挨罰是吧。
好。
放開我啦，笨蛋!!
你們以為自己是靠誰在撐啊？
我要去跟我家那個訴苦!!
喔喔，妳家那個是吧。

嘿咻！
呀啊啊啊
晃
嘿咻，飛吧!!
不要～住手!!

咚!
呀!
哈哈哈!!
嘿咻、嘿咻!!
繼續繼續，再繼續!!
去死——去死——

吹、隆隆

發生什麼事!?
小綠變成妖怪了!!
小綠變成妖怪了!!
小綠變成妖怪了!!

火の用心
小事は大事
油断大敵
本舗

ポストカード

少女椿

臉譜出版
PaperFilm
視覺文學

ポストカード

少女椿

臉譜出版
PaperFilm 視覺文學

小綠怎麼啦!?
咦?
小綠在那啊，喏——
小綠，沒事吧!?

這傢伙!!
沾到線頭了。
注意!!
報數!!
一!
二!
三!
四!
五!
其他

你洗衣服。
你修理小屋。
你煮飯。
你整理休息室。
你……
你們……不用做事……
小綠也不用做事喔。
我給妳零用錢，出去玩吧。
喀
喀
呵呵呵，賺翻了呢。
你算錯了喔。
喀
老師，那樣的話營運費用……
不，這樣就差不多了。你賺太多了。
喀
喀
怎麼這樣!!我已經付很多給大家了。
我拿的份不過是……
不，不給這麼多，他們是不會跟著你的喔。
喀
喀
喀

錢的事
我來……
交給我。
全都
交給我。
呵呵呵呵
呵呵……
呵呵呵
呵……
呵呵呵
……
剛剛
是我不好，
抱歉啊。
我不會再
欺負妳了。
小綠。

妳最近不太……
嗯，妳懂吧。
我們和好吧。
我其實很喜歡妳。
真的啦。

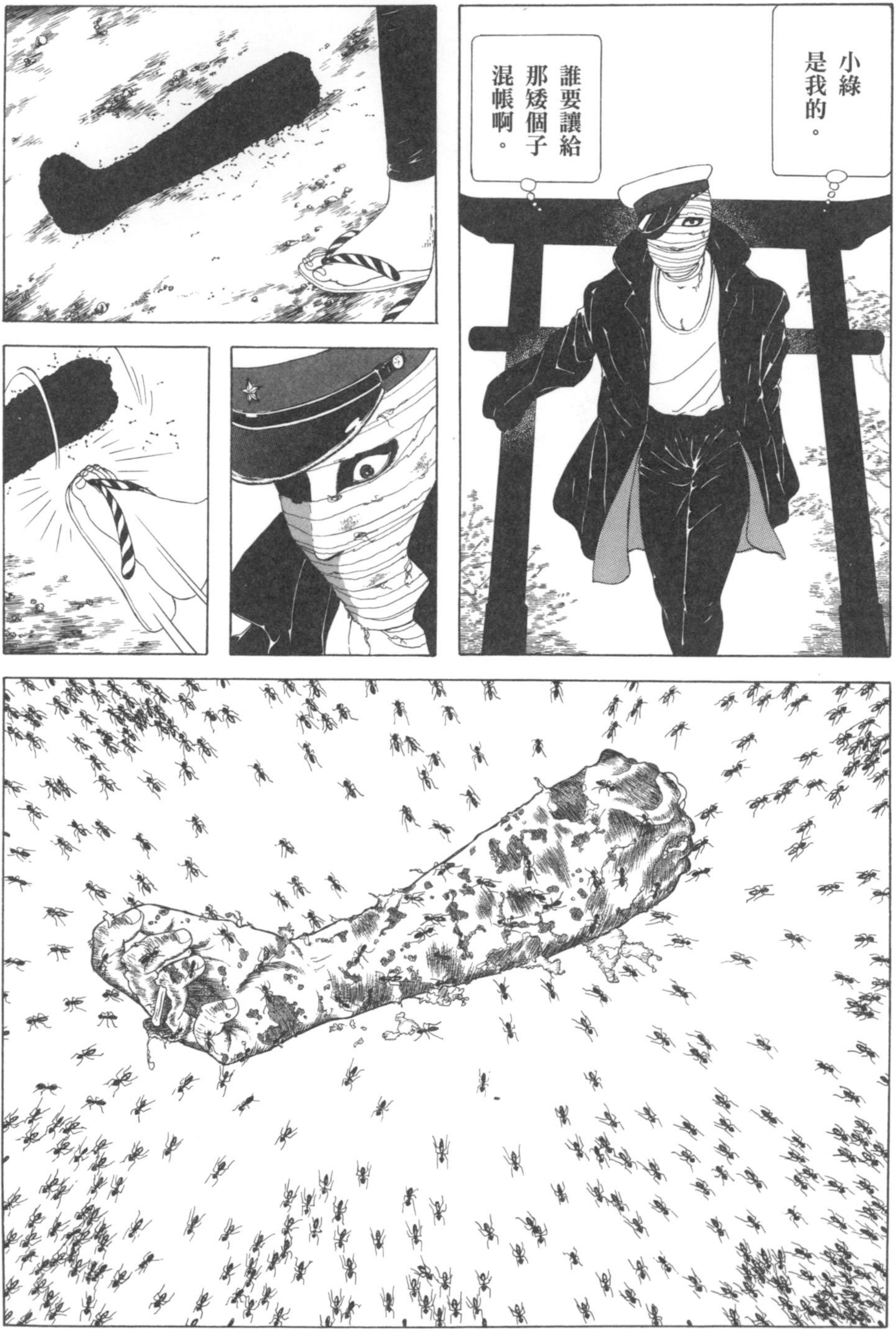
小綠是我的。
誰要讓給那矮個子混帳啊。

第五話
勸善懲惡窺孔機關

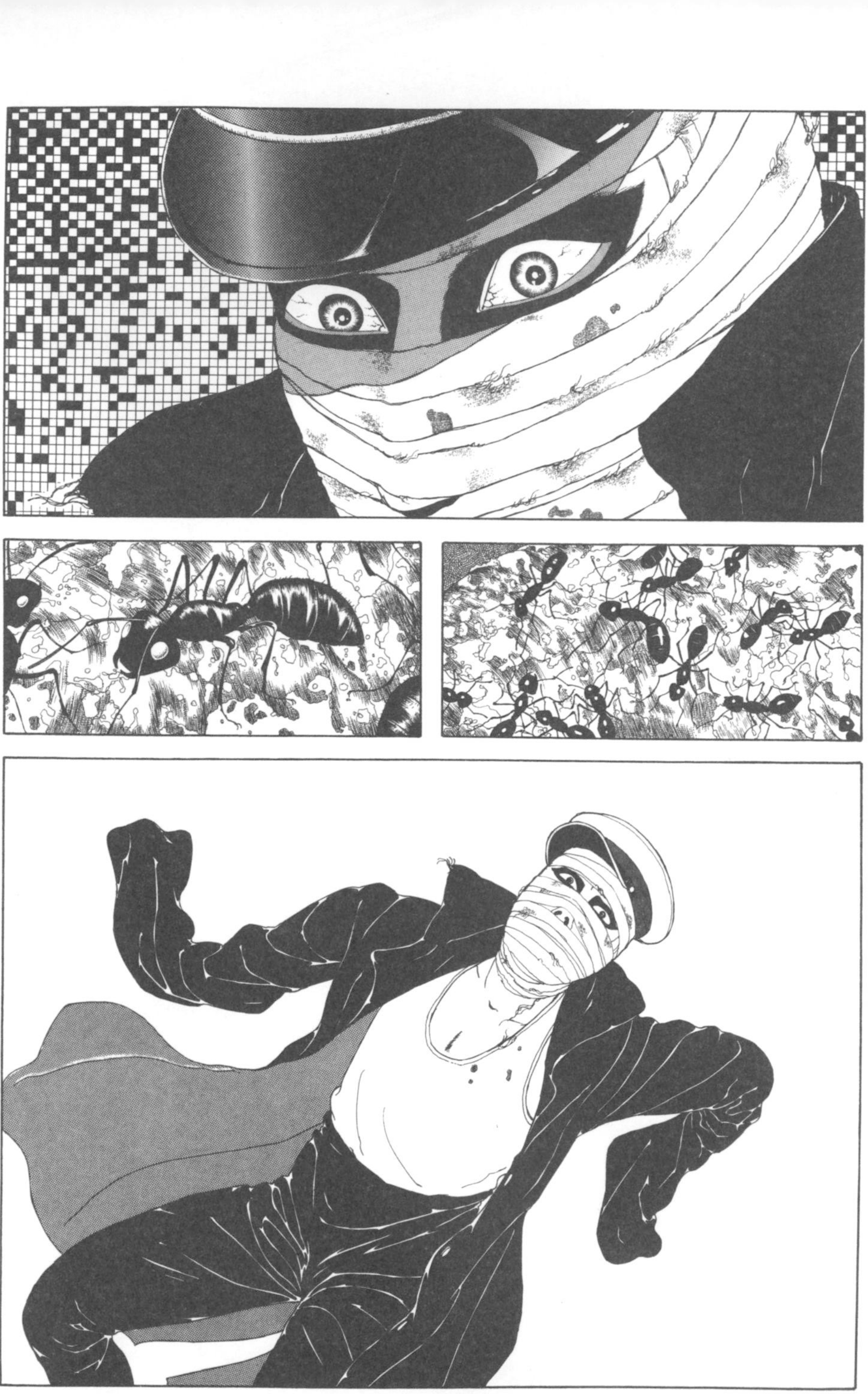

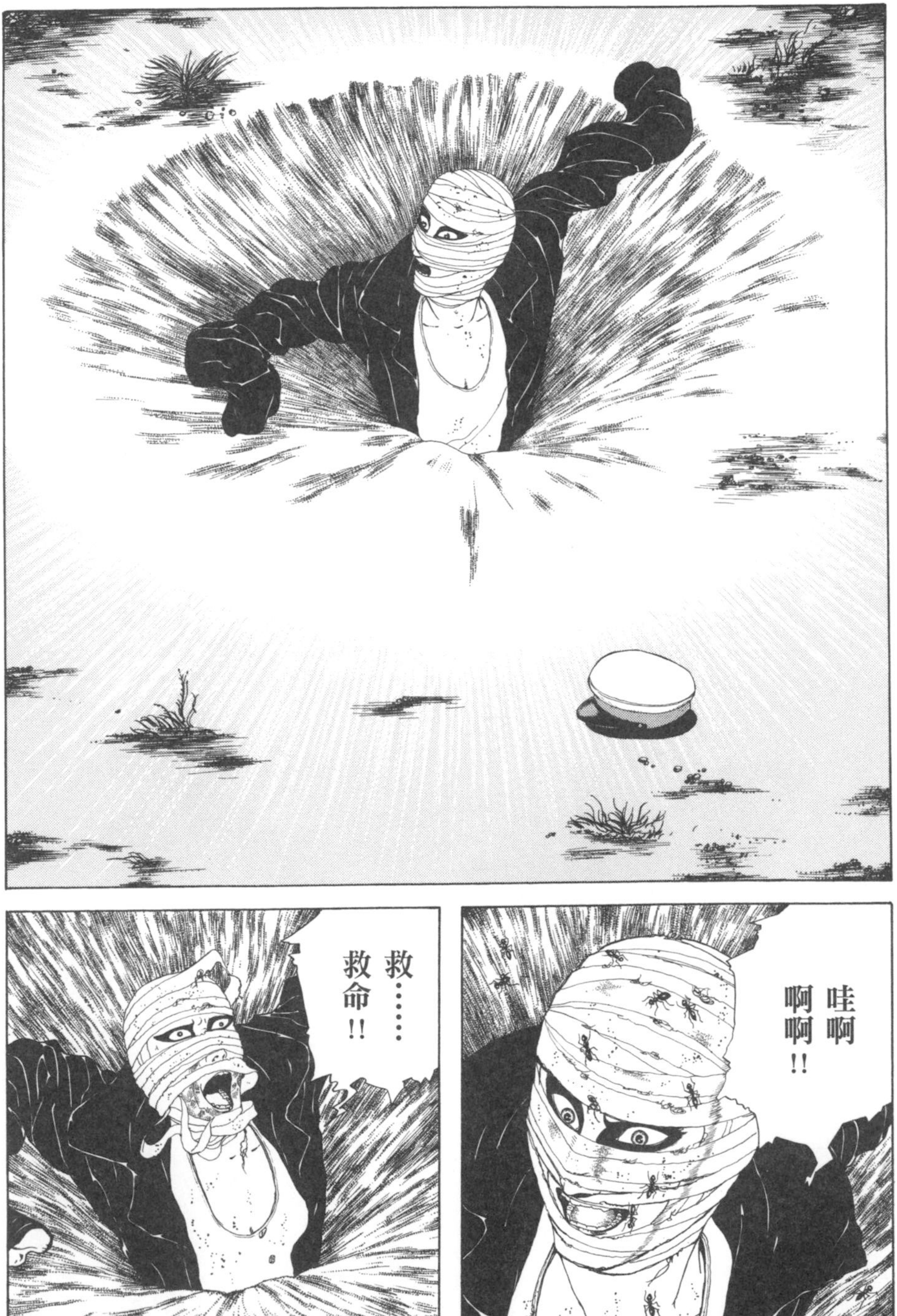
救……
救命!!
哇啊
啊啊!!

來，抓住這隻手。
你……你是……!?
是你啊。

奇、奇蹟正光!?
不對，我就是你啊。
你這混帳!!
別以為我每次都會被你矇騙!!
喔，那你試著逃出來啊。
唔……
沙……
怎麼啦？
沙沙
沙
唔……噗哈……
不快點出來，就要沉到底囉。

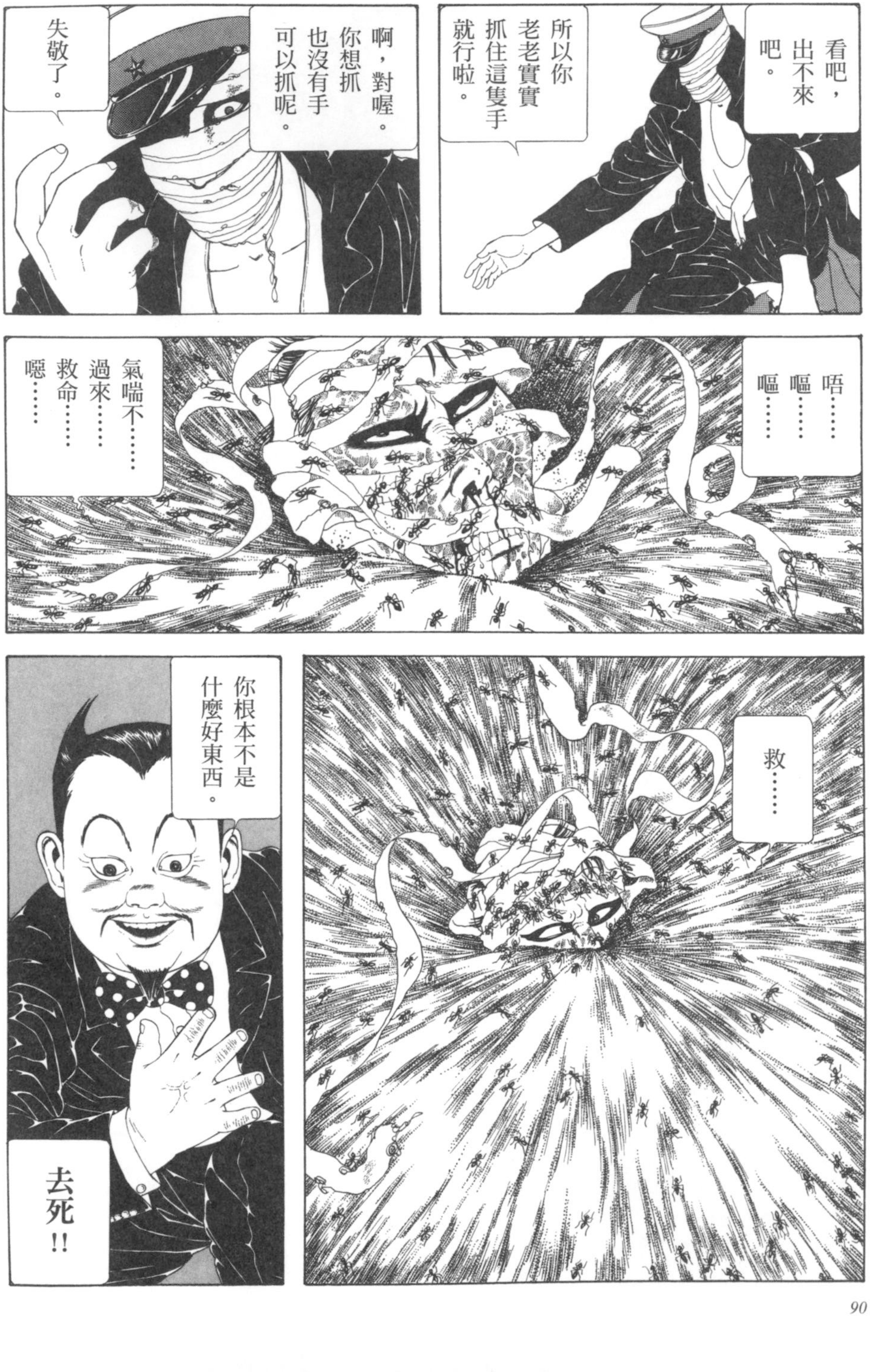
看吧，出不來吧。
所以你老老實實抓住這隻手就行啦。
啊，對喔。你想抓也沒有手可以抓呢。
失敬了。
唔……嘔……嘔……
氣喘不……過來……救命……嗯……
救……
你根本不是什麼好東西。
去死!!

來，辛苦了。
辛苦了。
喔~~~變多了耶!!
真的耶。
喂，鞭棄那傢伙怎麼了？不在耶。

他吃了土呀。
為什麼要吃土呢？
別的先不提，他要怎麼吃啊？明明沒有手。

小綠，等等！
為什麼要逃!!
小綠!!
……妳看到了吧!!
那個場面，妳都看到了吧!!

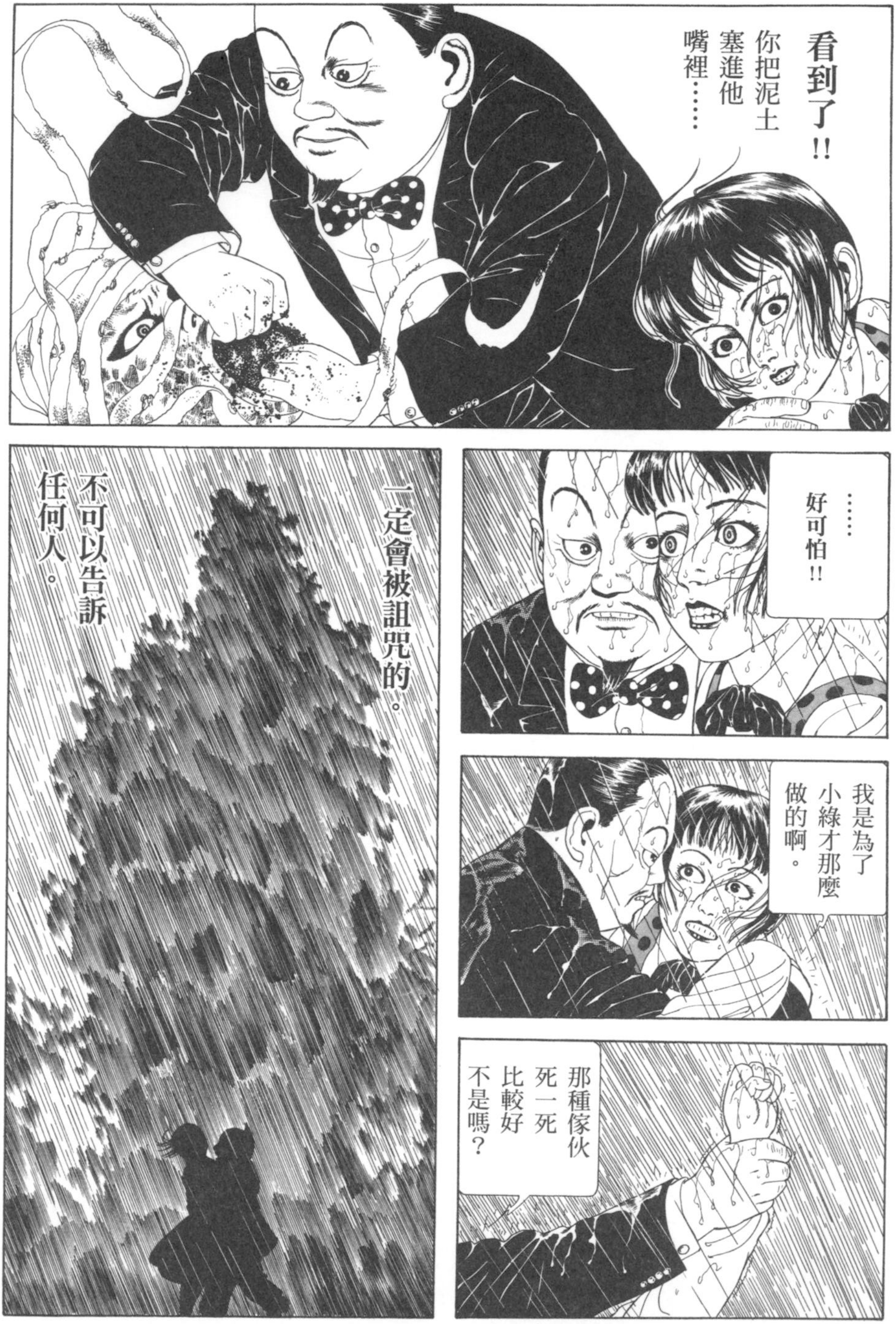
看到了!!
你把泥土塞進他嘴裡……
……好可怕!!
我是為了小綠才那麼做的啊。
那種傢伙死一死比較好不是嗎？
一定會被詛咒的。
不可以告訴任何人。

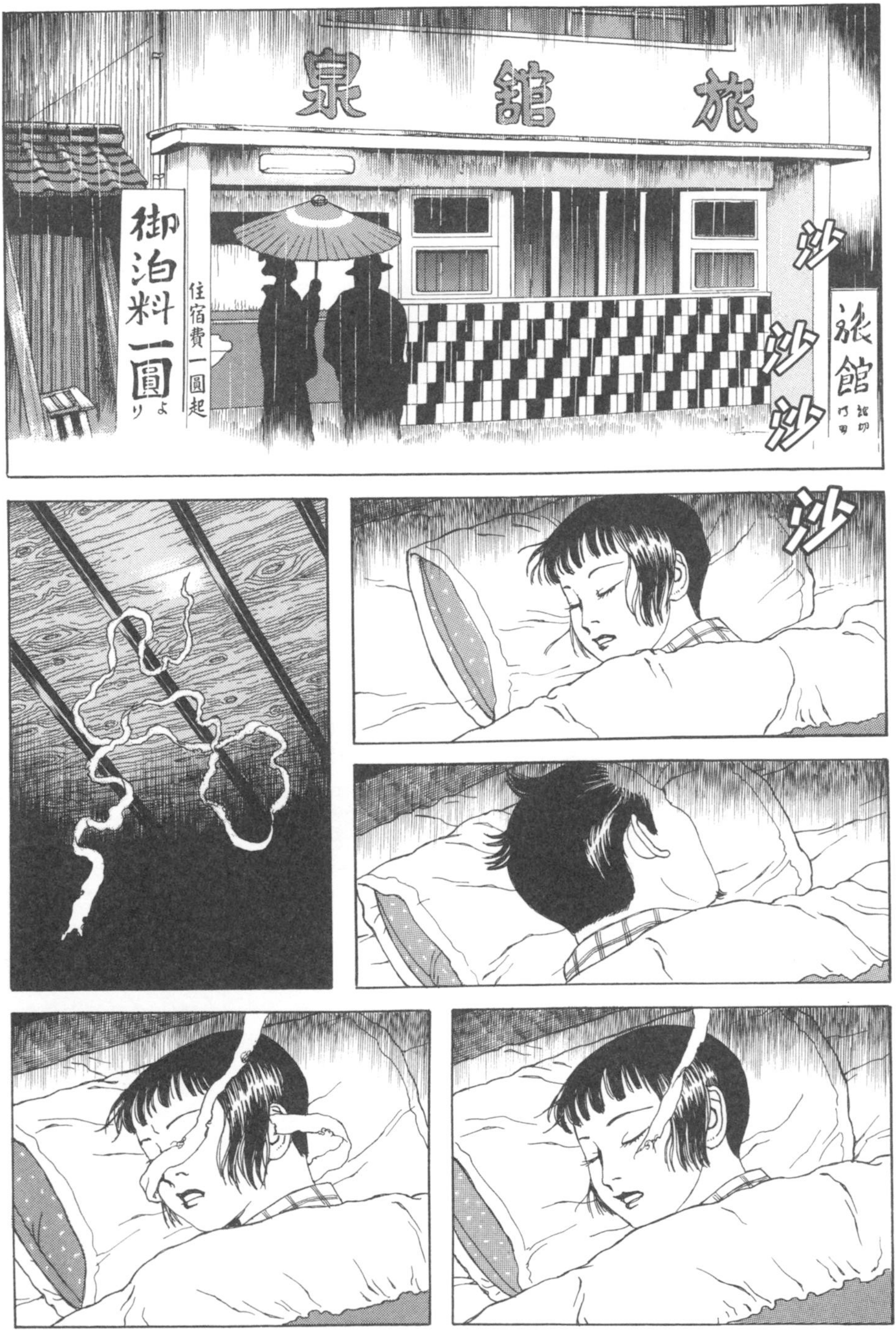
旅館泉
旅館
沙
沙
沙
御泊料一圓より
住宿費一圓起
沙

緊縮
唔…
唔…
唔…
唔…
唔…
唔…
唔…
啊……
這個人……
真的是好人嗎？

也許是可怕的人……
睡不著嗎？
驚
沙沙沙
旅館泉

南無阿彌陀佛……
昭和十三年三月二十五日 沒
享年 二十二才
多虧有老師在，才能好好幫他立墳。
這麼一來，他也該…
嘎
嘎
鏘
咚
咚
ワンダー正光
逆さ首
蛇女
とうもろこし

不好意思，
我們想見小綠。
喂——小綠，有客人咧。
我們是這裡的人。
喔～～蒲田松竹!!
電影公司呢!!
我們萬分希望妳飾演電影中的一個角色。

敝社正在尋找新作《母子星》的主角童星。
看了妳站在台上的模樣後便打定了主意。
來這一趟真是值得了。
他說主角耶。
拍電影總比在這種小屋做一些無用又落伍的事情好吧？
請務必接下這角色。
如果是妳來演，一定會變成大明星的喔。
變成明星就能住在大房子裡，每天吃好吃的東西。
最重要的是，大家都會很疼惜妳喔。

唰
啊。
啊啊～～!!
你搞什麼啊!!
我是小綠的監護人，她的事情都由我決定。滾!!
不准撿。
反正他們搞不好是假貨。
唔……說什麼假貨!!我們是——
滾回去!!
……

嘰
嘰
嘰

嘰嘰嘰
嘰嘰嘰
嘰嘰嘰

嘰
嘰
嘰
嘰
小綠，輪到我出場了，準備一下。
我頭痛。
真的嗎……

啪

第六話
墮入地獄的庶民們

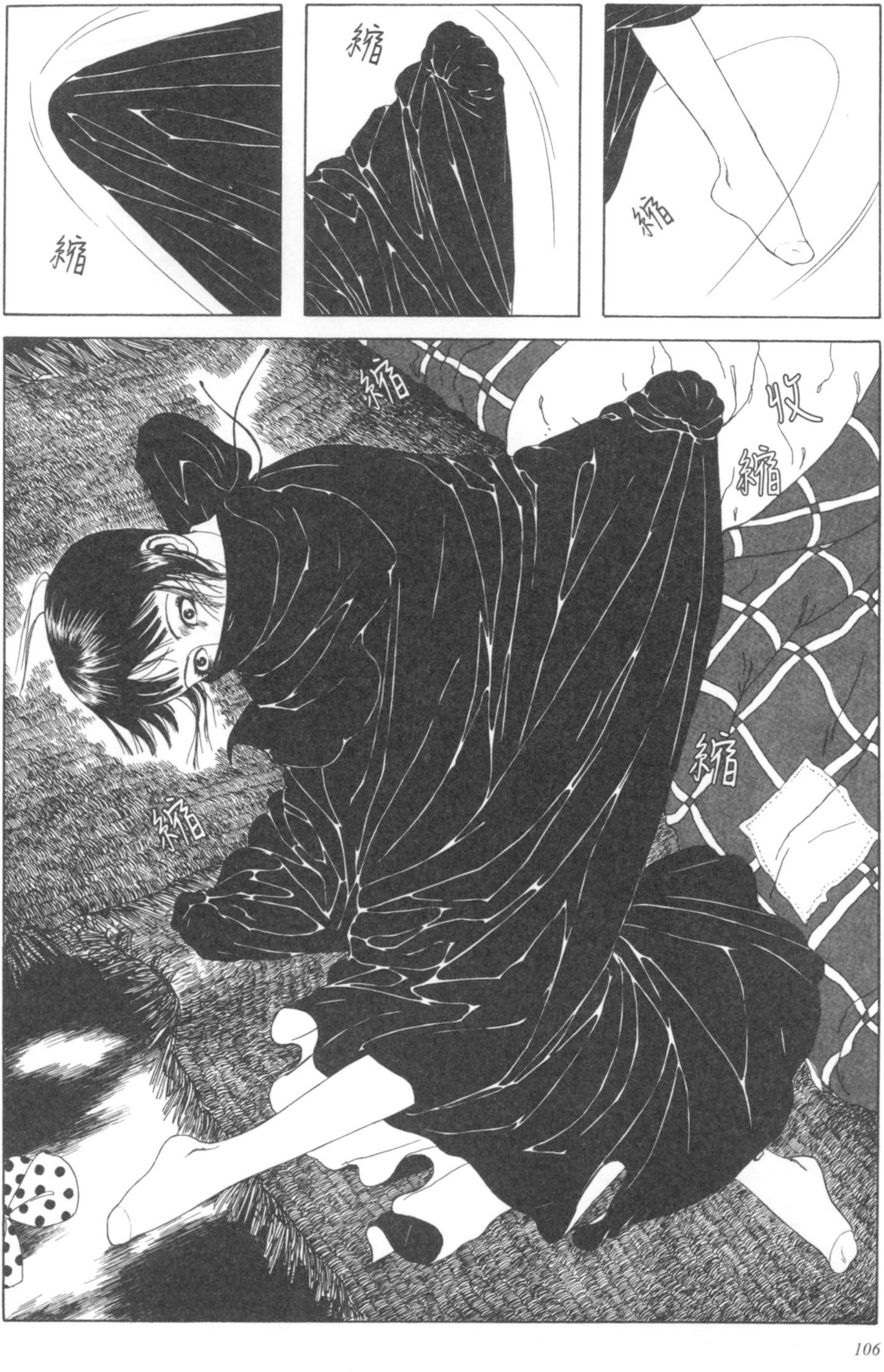
縮
縮
縮
收縮
縮
縮
縮

既然不聽我的話，就暫時這樣吧。
嗚
我一個人上。
哇
嗶
啊

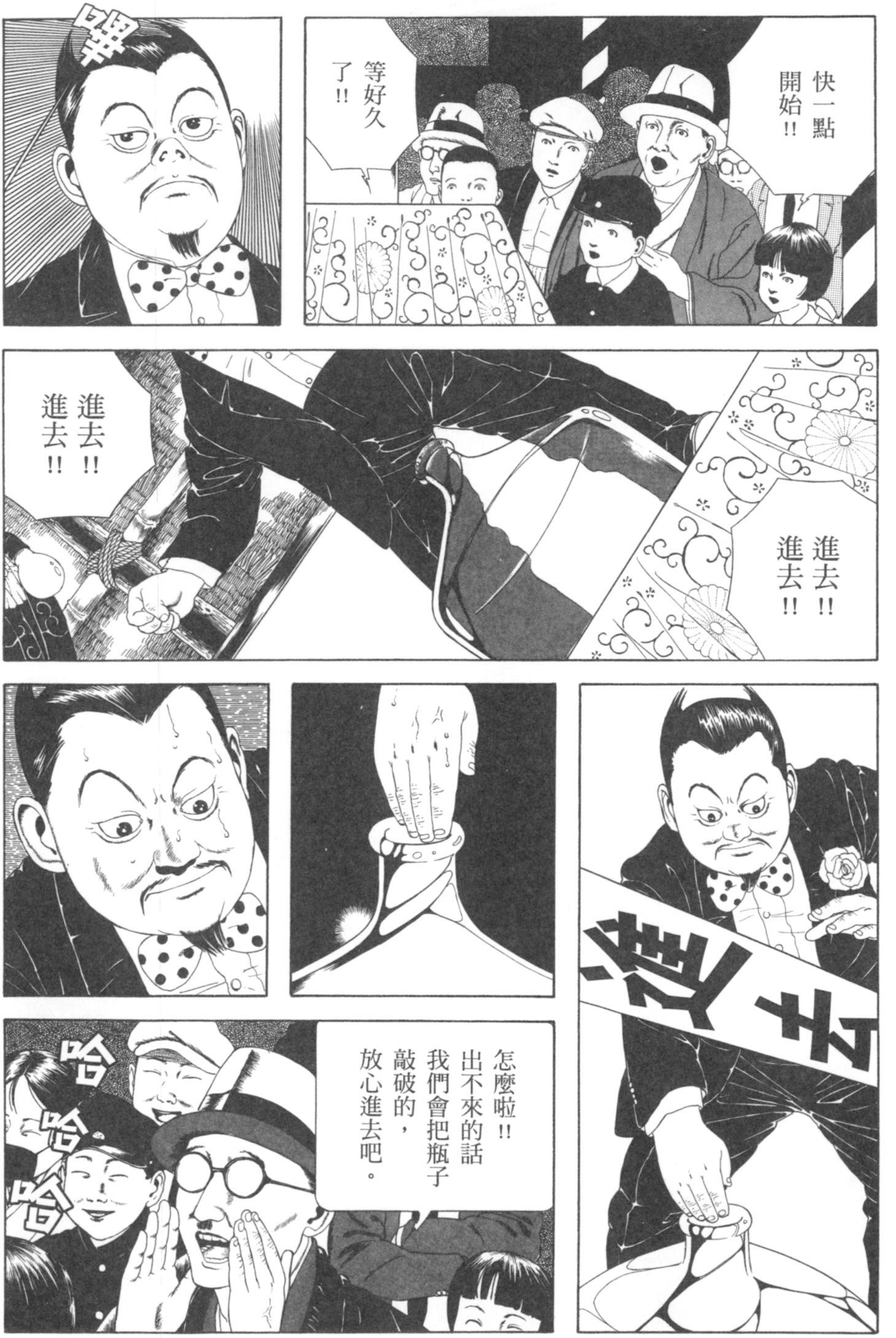
快一點開始!!
等好久了!!
進去!!進去!!
進去!!進去!!
怎麼啦!!出不來的話我們會把瓶子敲破的，放心進去吧。
哈哈哈

吵死了，安靜點!!
我集中不了精神!!
喔，是怎樣啊!?
你們這些傢伙，一個個……
都令人不爽!!
膽小又貪求新奇。
懶惰卻慾望強烈。
受害者意識形成的團塊——
你說什麼!!
還旁若無人地晃來晃去。
四肢發達，頭腦簡單。
這話能對客人說嗎？
你說什麼!!
不過是個小矮子，跩什麼!!

不過是個小矮子……!!
你……!你說了一句不該說的話。
會有什麼後果，我可不不知道喔。
啪
啪
啪
啪
哇啊!!
呀啊!

嘎嘎嘎嘎
唔！
哇！

唔！
哇！
唔！
哇！

哇啊！
哇啊！

你做了什麼!!住、住手!!

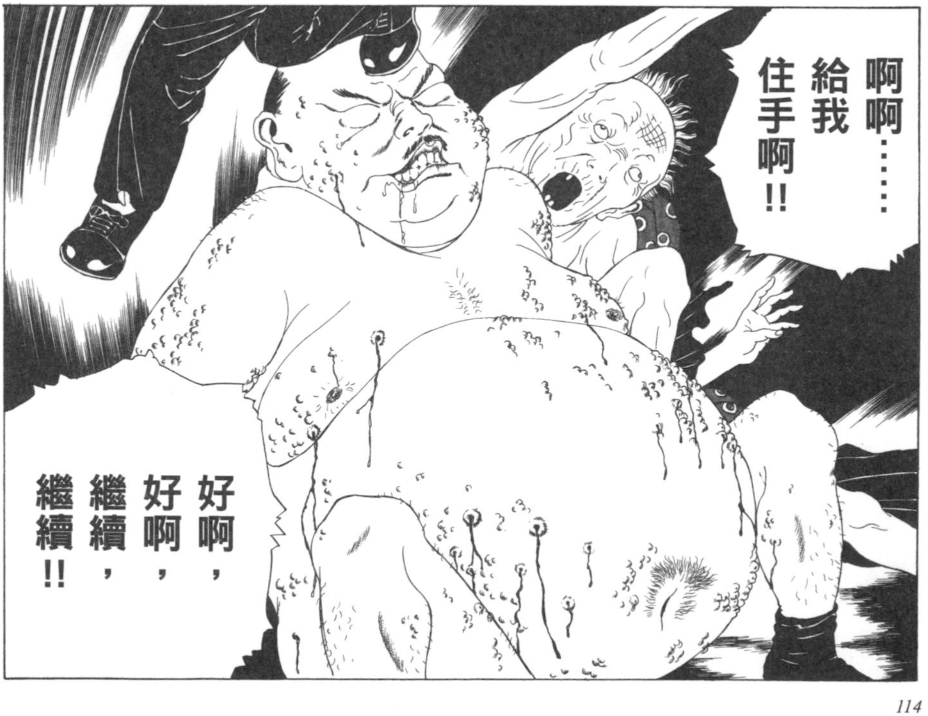
啊啊……給我住手啊!!
好啊，好啊，繼續，繼續!!

唔！
哇！
唔！
哇！
唔！
哇！
彎曲吧!!
歪斜吧!!
扭轉吧!!

ワンダ
讓開，讓開!!
喂，讓開!!
喂!!

力量用過頭了呢，鼻血……
真抱歉。
別搞得太誇張啦。
真厲害啊，實在是很爽快咧。
好久沒那麼興奮了。
辛苦了。
你們在開心什麼!!
他捅出大樓子啦!!
有什麼關係!!
對啊，反正大家的身體又恢復原狀了。
可惜，要是沒變回來就更好了。
蠢蛋!!他把場面弄成那樣後，客人要是胡鬧胡搞怎麼辦？
他們沒鬧啊，不是乖乖回家了嗎？
大概嚇到魂都飛了吧。
在這邊做不下去了。
得去其他地方。

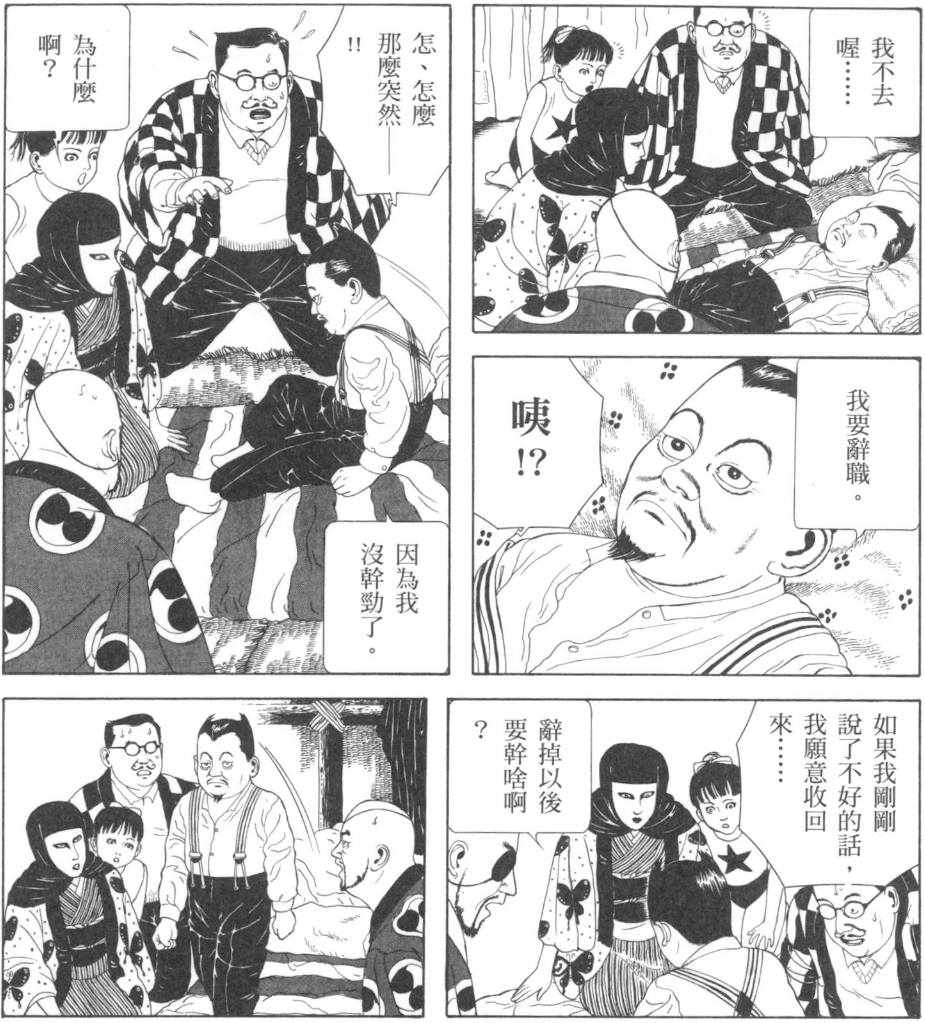
我不去喔……
我要辭職。
咦!?
怎、怎麼那麼突然——!!
為什麼啊？
因為我沒幹勁了。
如果我剛剛說了不好的話，我願意收回來……
辭掉以後要幹啥啊？
老師——老師現在要是不幹了，這間小屋……
老師!!
受——不了啦，受——不了啦!!

小綠，妳在祈禱什麼？
剛剛是我不好。

我不想把小綠交給任何人。
跟我一起走!!
不要，我不想再去遙遠的地方了!!
我想回家!!

第七話
悲歡的歲月
ウキンロン
ホリタミン

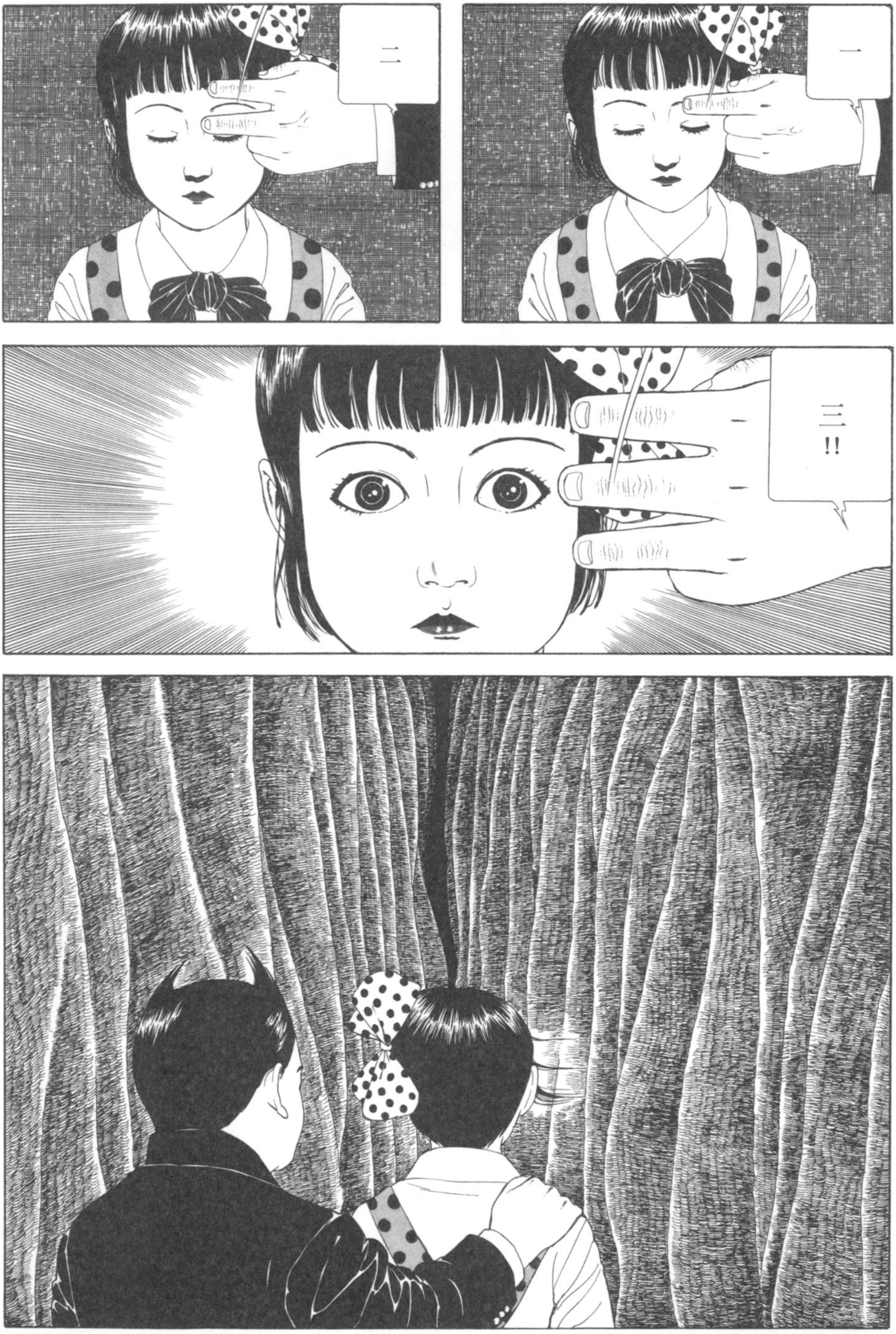
一
二
三!!

往前走到
深處看看。

不斷、
不斷往
深處走。

東京
谷美容館
牛馬車
自動車
通行止
レコード店
啊!?

東京倶楽部
世界
大会
是東京!!
淺草!!

哇啊~~~!!
新聞社提供

國民
千錢均一藥
保健
汪

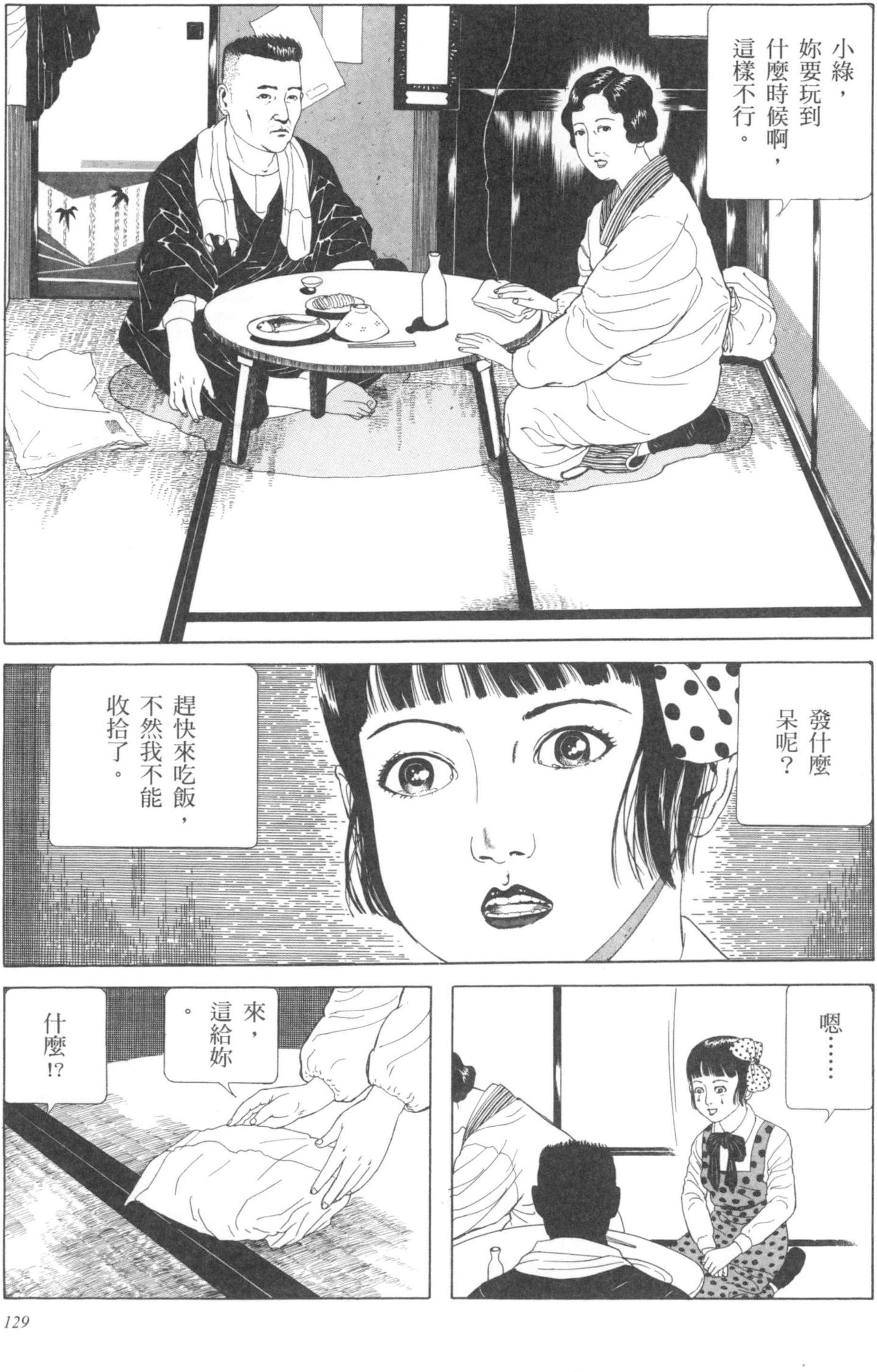
小綠，妳要玩到什麼時候啊，這樣不行。
發什麼呆呢？
趕快來吃飯，不然我不能收拾了。
嗯……
來，這給妳。
什麼!?

驚訝什麼？妳明天要去遠足吧，這是點心啊。
爸爸幫妳買的。
爸爸，謝謝。
今天晚上早點睡，才不會睡過頭喔。
嗯!!
喀嚓
喀嚓
喀嚓
嘰
嘰
嘰

嘰
嘰
嘰
嘰
嘎……

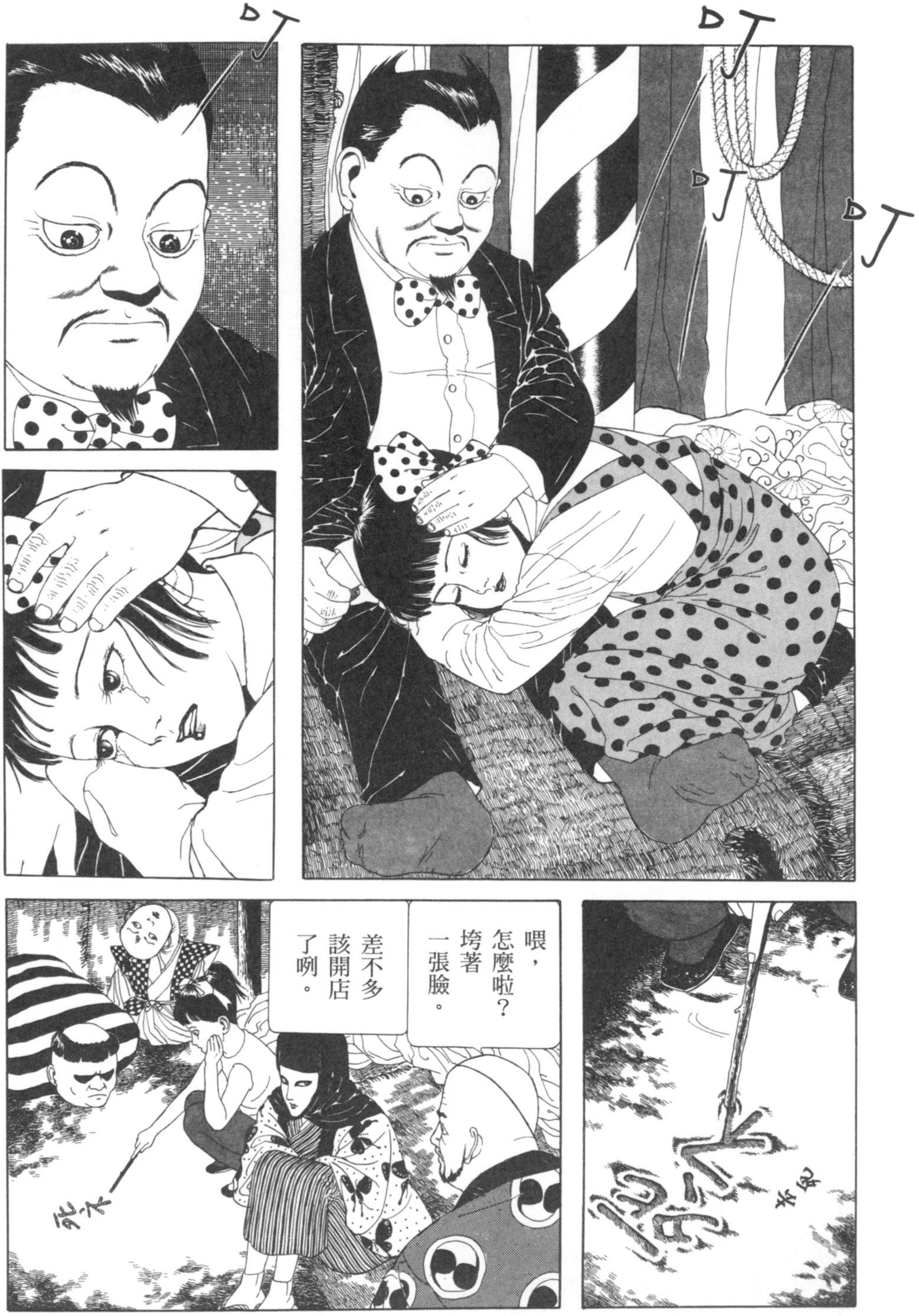
叮
叮
叮
叮
喂，怎麼啦？垮著一張臉。
差不多該開店了咧。

你還是一樣遲鈍呢。
還沒發現嗎？
老大帶著錢跑了。
咦。
你也是，再發呆下去會被丟在這喔，蠢蛋。
我要殺了他!!

小綠會跟我一起走吧？
嗯。
喂，你有什麼打算啊。
不知道啊。待在這也沒用吧。

勾搭個有錢大叔，機靈地討生活唄。
什麼啊，都這把年紀了。
囉嗦耶，擔心你自己吧。
嘿嘿，我沒問題啊，有其他小屋找我去工作。
我也幫你們介紹了，放心吧。
哎呀!? 你們兩個。
什麼啊，已經要走啦。
這段時間受大家照顧了。
小綠，妳很可愛喔。

保重啊!!
加油啊~~~!!
喂~~~小綠!!
再見!
那是金蚊嗎!?

*公車乘車處 白山

還有時間，我去買個便當吧。
妳在這裡等我。
嗯。
呼……
不是夢，不是夢……

最終回

盛開的櫻花 下

有小偷!!

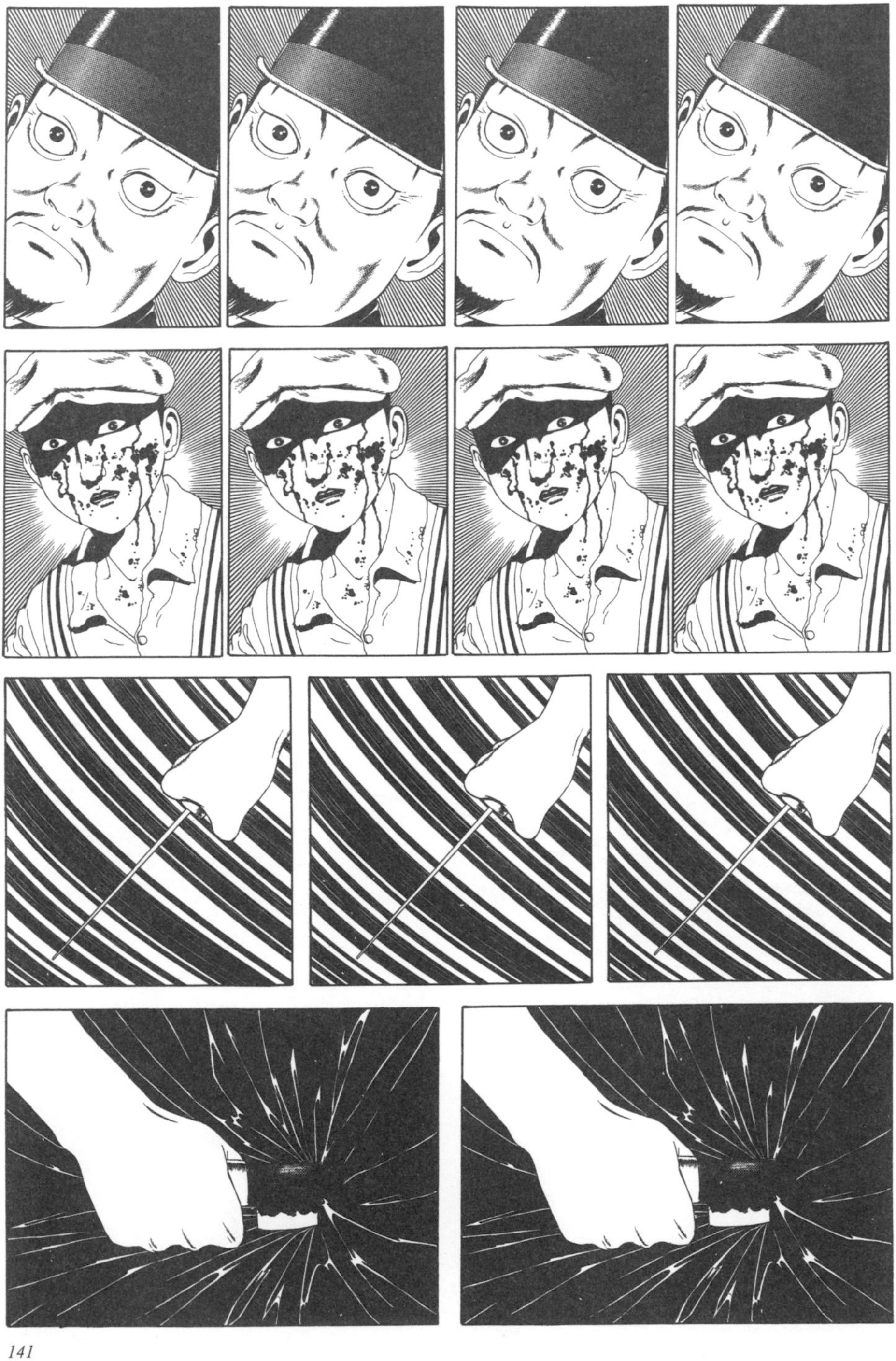

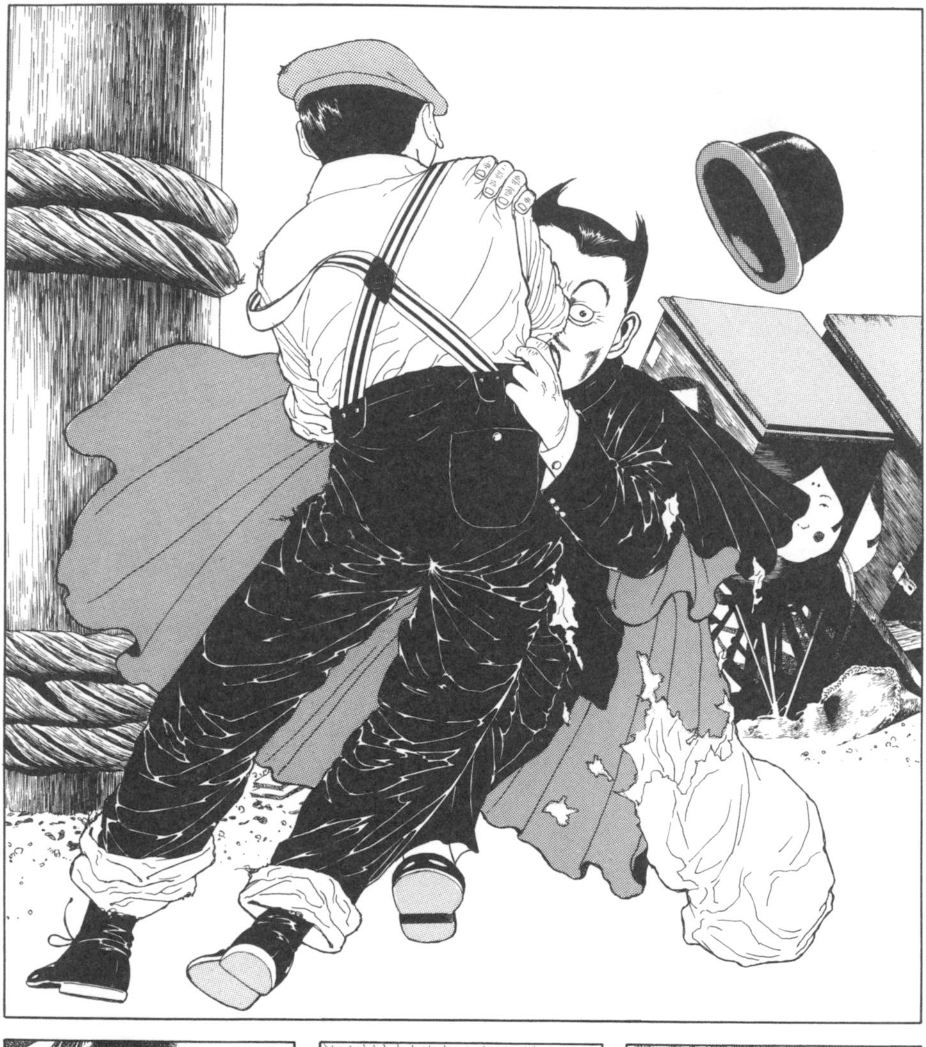
咚

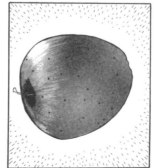

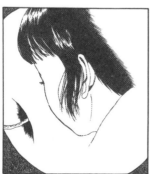

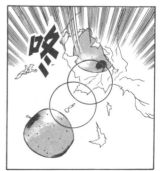

嗡
隆
叩

哈啾！

白藤

哈啾！
休咻咻咻

哈啾！
我在哪裡……

呀哈
哈哈哈
哈哈哈
哈哈哈
哇哈
呀哈哈
呵呵呵呵
嘻嘻
嘿嘿

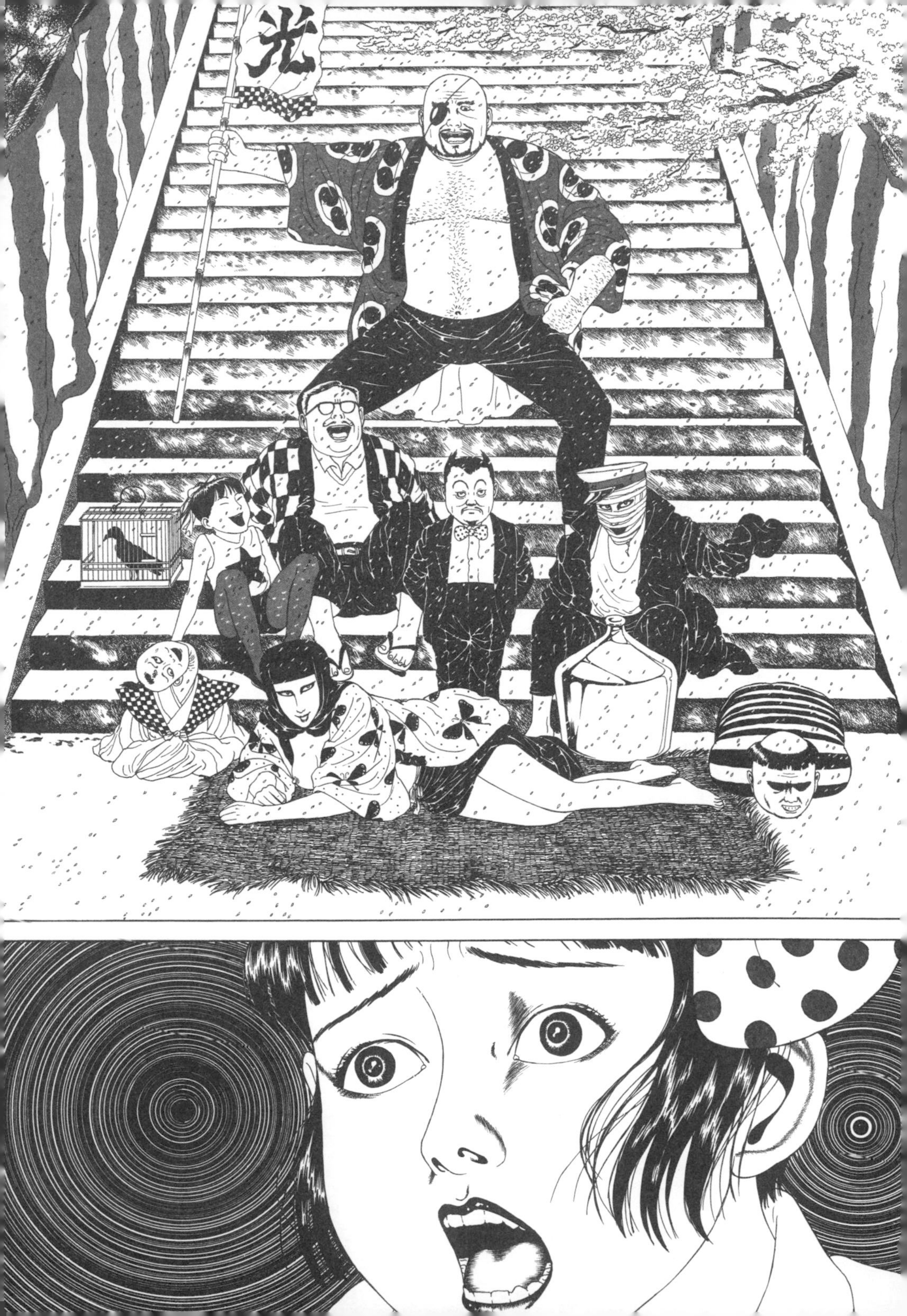
光

不要啊~~

全都去死吧!!

哇～～～!!

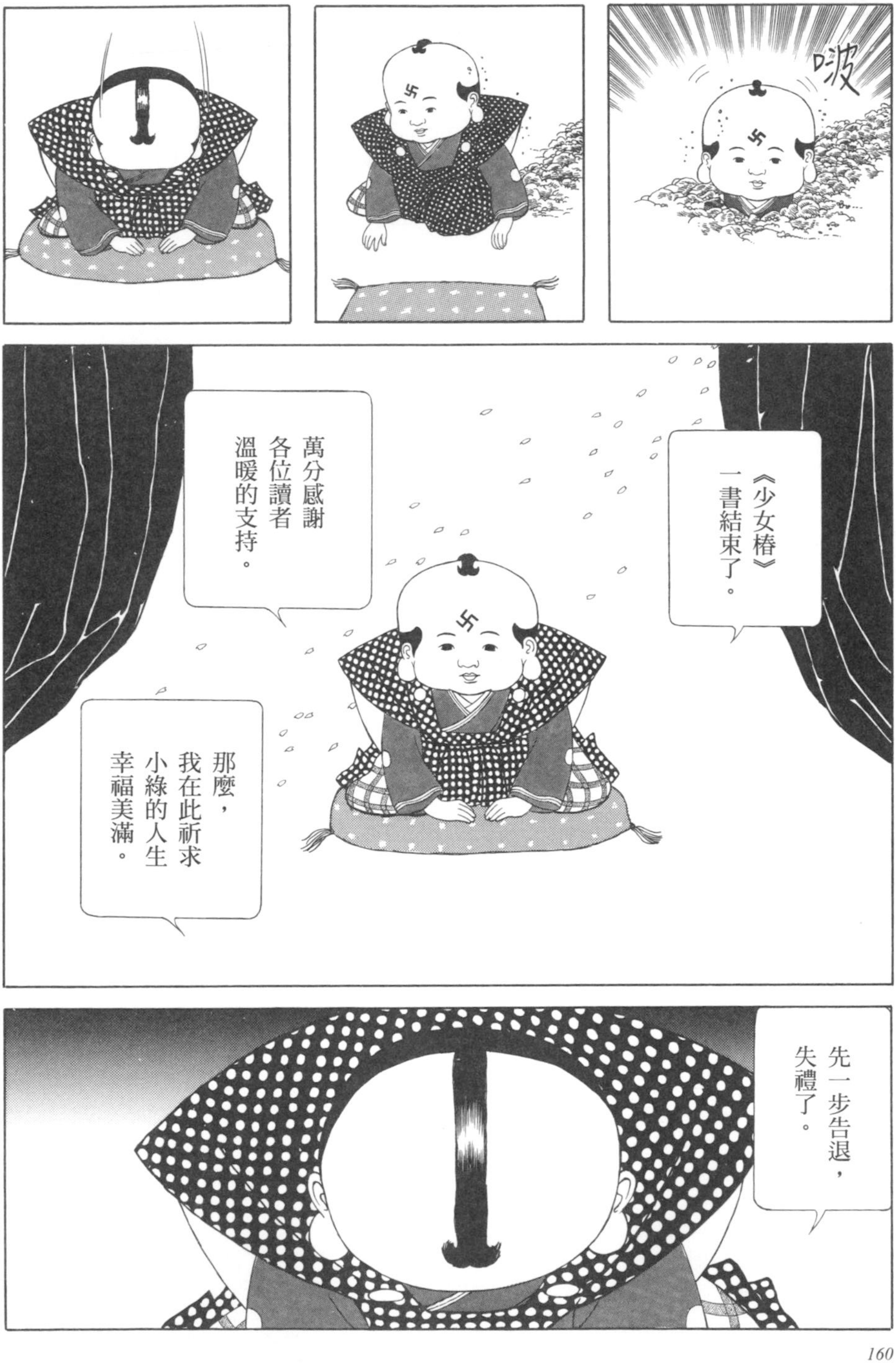
啵
《少女椿》一書結束了。
萬分感謝各位讀者溫暖的支持。
那麼，我在此祈求小綠的人生幸福美滿。
先一步告退，失禮了。

完

PaperFilm 視覺文學 FC2022C

少女椿

作　　者／丸尾末廣
譯　　者／黃鴻硯
編　　輯／謝至平
行銷企劃／陳彩玉、朱紹瑄
顧問・策劃／鄭衍偉（Paper Film Festival 紙映企劃）

發 行 人／涂玉雲
總 經 理／陳逸瑛
編輯總監／劉麗真
出　　版／臉譜出版
城邦文化事業股份有限公司
台北市民生東路二段一四一號五樓
電話：886-2-25007696
傳真：886-2-25001952

發　　行／英屬蓋曼群島商家庭傳媒股份有限公司城邦分公司
台北市中山區民生東路二段一四一號十一樓
客服專線：02-25007718；25007719
24小時傳真專線：02-25001990；25001991
服務時間：週一至週五
上午 09:30-12:00；
下午 13:30-17:00
劃撥帳號：19863813 戶名：書虫股份有限公司
讀者服務信箱：service@readingclub.com.tw
城邦網址：http://www.cite.com.tw
香港發行所／城邦（香港）出版集團有限公司
香港灣仔駱克道一九三號東超商業中心一樓
電話：852-25086231；25086217
傳真：852-25789337
電子信箱：citehk@biznetvigator.com

馬新發行所／城邦（新、馬）出版集團
Cite（M）Sdn. Bhd.（458372U）
41, Jalan Radin Anum, Bandar Baru Sri Petaling,
57000 Kuala Lumpur, Malaysia.
電話：603-90578822
傳真：603-90576622
電子信箱：cite@cite.com.my

中文版裝幀設計／馮議徹
排　　版／漾格科技股份有限公司

一版一刷／二〇一八年一月　一版十二刷／二〇二三年二月
ISBN／978-986-235-636-4
售　　價／三百二十元